경회루에서 세종 대왕을 만나다

글 강무홍 | 그림 김종범
감수 신병주

차례

1. 두루마리의 유혹 - 9

2. 다시 과거 속으로 - 19

3. 제발 우리에게 옷을 주세요! - 29

4. 궁녀에게 끌려간 수진 - 43

경회루에서 세종 대왕을 만나다

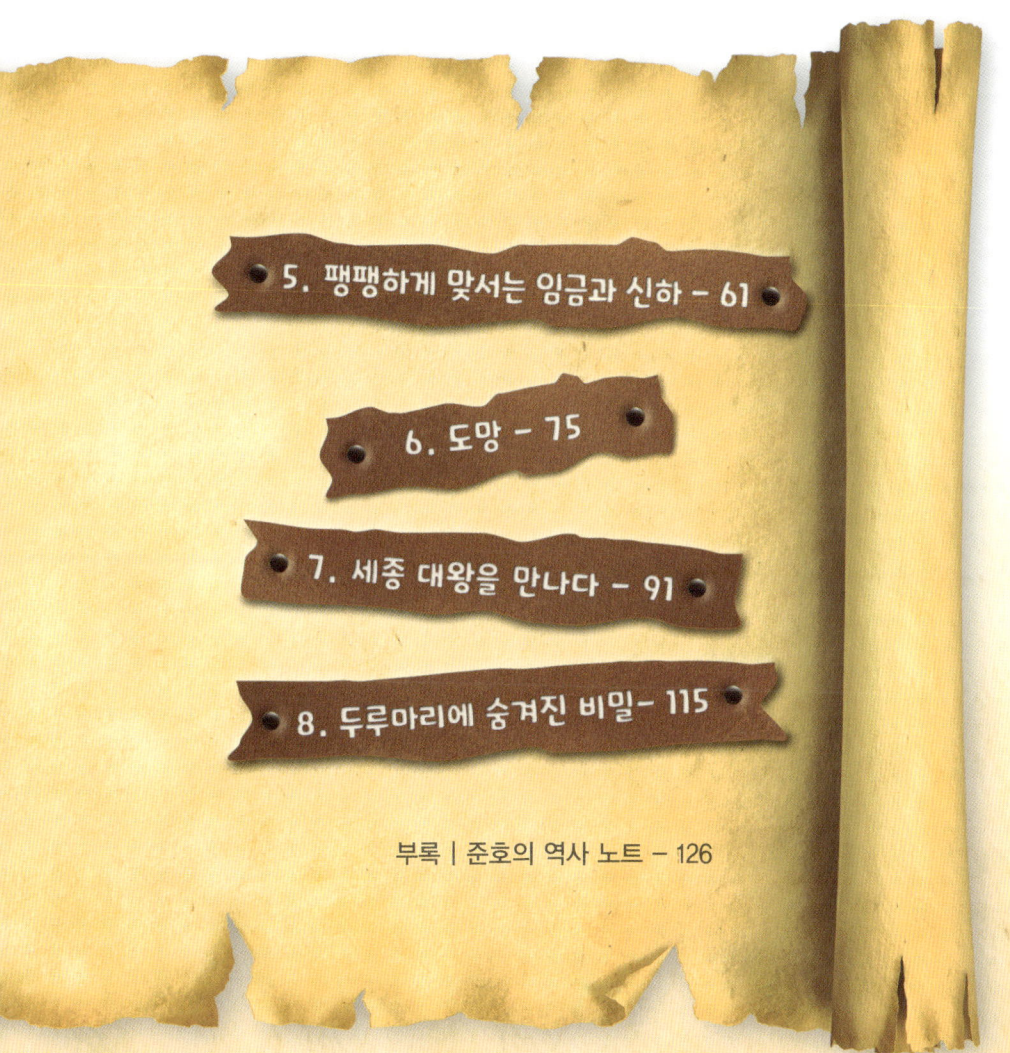

5. 팽팽하게 맞서는 임금과 신하 – 61

6. 도망 – 75

7. 세종 대왕을 만나다 – 91

8. 두루마리에 숨겨진 비밀 – 115

부록 | 준호의 역사 노트 – 126

마법의 두루마리를 펼치기 전에

 호기심 많은 형제 준호와 민호는 역사학자인 아빠를 따라 경주의 작은 마을로 이사를 간다. 새집 지하실에서 마법의 두루마리를 발견한 둘은 석기 시대, 삼국 시대, 고려 시대, 조선 시대 등 과거 속으로 여행을 떠난다. 이웃에 사는 수진도 준호와 민호의 비밀을 눈치채고 모험을 함께한다.

 과거 여행 중 이사 온 집에 살던 역사학자 할아버지를 만난 준호, 민호, 수진은 두루마리의 숨겨진 힘에 대해 알게 된다. 할아버지는 세 아이에게 두루마리에 깃든 마법의 힘에 대해 경고하며, 과거 여행을 너무 자주 다니지 말라고 충고하는데…….

1. 두루마리의 유혹

수진은 좀이 쑤셨다. 아니, 쑤시다 못해 온몸이 뻐근할 지경이었다.

마지막 과거 여행을 다녀온 뒤 한동안 얌전히 지내던 수진은 새 학기가 시작되자 언제 그랬느냐는 듯 친구들과 수다 떨기에 바빴다. 하지만 이야기를 하면 할수록 마음이 답답해졌다. 한창 수다를 떨다 보면 꼭 결정적인 데서 입을 다물어야 했기 때문이다.

방학 때 가장 신났던 일은 뭐니 뭐니 해도 마법의 두루마리와 함께 떠난 과거 여행이었다. 하지만 친구들의 부러움을 사고도 남을 이 기막힌 모험 이야기를, 아무한테도 말할 수가 없었다. 두루마리의 비밀이 탄로 나면, 과거 속으로 떠나는 이 신비로운 여행을 못 할 수도 있으니까.

"에이, 그게 다야? 옆집에 남자애들이 이사 왔다는 게? 난 또 무슨 재미있는 일이라도 있었는 줄 알았네."

친구들은 마치 대단한 이야기를 할 것처럼 말을 꺼냈다가 별 내용 없이 끝나 버리는 수진의 이야기에 시큰둥한 반응을 보였다.

'어휴, 답답해!'

수진은 입이 근질거렸지만, 그저 친구들이 떠들어 대는 이야기나 듣고 있을 수밖에 없었다.

"민호랑 준호 오빠는 좋겠다. 둘이서 마법의 두루마리에 대해 얘기할 수 있으니까."

풀이 죽은 수진이 혼자 터벅터벅 집으로 돌아오며 중얼거렸다.

그러자 신비한 과거 여행에 대한 생각이 슬금슬금 되살아났다. 어쩌면 준호와 민호도 자기처럼 마법의 두루마리를 다시 펼치고 싶은 마음이 생기지 않았을까?

수진은 집에 도착하자마자 민호네 뒤뜰로 통하는 나무에 올라가 마을 길을 내다보았다. 학교는 아까 아까 끝났지만, 길에는 개미 새끼 한 마리 보이지 않았다. 남자아이들이 준호와 민호에게 마을 뒷산인 남산을 넘어서 집으로 돌아가는 길을 알려 준다고 떼 지어 몰려갔기 때문이다.

"아유, 왜 이렇게 안 와!"

수진이 투덜거리며 이마의 땀을 닦았다. 더위가 한풀 꺾였다고는 해도 여전히 무더운 오후였다.

잠시 뒤, 마을 뒤편 산길에 왁자지껄한 소리와 함께 한 떼의 아이들이 나타났다.

준호와 민호는 뭐가 그리 신나는지 시끄럽게 떠들고 있었다. 특히 민호는 목소리가 얼마나 큰지 멀리서도 무슨 이야기를 하는지 다 들렸다.

"형, 독버섯이었다니까! 틀림없어! 꼭 우리를 노려보는 것 같았다고!"

수진은 왠지 모를 배신감을 느꼈다. 민호의 들뜬 목목소리를 들으니, 마법의 두루마리는 새까맣게 잊어버린 것 같았다.

한동안 셋은 죽은 듯이 얌전하게 지냈다. 마지막 여행에서 만난 괴짜 역사학자 할아버지가 과거 여행을 너무 자주 하지 말라고 당부한 데다, 안중근 의사가 끌려가는 모습을 보고 워낙 큰 충격을 받았기 때문이다. 게다가 방학이 끝난 뒤에는 학교에 다니느라 정신이 없었다.

하지만 이제 슬슬 좀이 쑤실 때도 되지 않았나? 착실한 준호는 몰라도 민호는 과거 여행을 가고 싶어 할 줄 알았는데, 다른 일에 저토록 신이 나 있다니!

수진은 발로 나무를 쿵쿵 찼다. 나뭇가지가 흔들리며 나뭇잎이 후루루 떨어져 내렸다. 수진은 준호와 민호네 마당으로 쿵 뛰어내렸다. 그러고는 재빨리 대문 쪽으로 달려갔다.

산을 넘어온 아이들은 감나무 집 부근에서 인사를 하고

뿔뿔이 흩어졌다. 준호와 민호도 아이들에게 손을 흔들고는 오늘의 보물을 싱글벙글 들여다보며 걸어왔다.

"형, 등이 푸른 이 벌레 이름이 뭐라 그랬지? 날개가 꼭 갑옷 같아!"

민호는 그렇게 소리치며 대문 안으로 들어섰다. 바로 그때 누군가 고함치는 소리가 들렸다.

"야, 배신자!"

준호와 민호는 소스라치게 놀랐다. 아무도 없을 줄 알았던 집 안에서 앙칼진 여자아이의 목소리가 터져 나온 것이다. 다음 순간 대문 앞에 수진이 나타났다.

"아, 수진이구나."

준호는 웃으며 말했지만, 민호는 화를 벌컥 냈다.

"아, 깜짝이야! 넌 왜 허락도 없이 남의 집에 막 들어 와 있는 거야?"

수진은 기죽지 않고 맞받아쳤다.

"뭐가 그렇게 신나? 마법의 두루마리 여행보다 더 신나

는 일이 있나 보지?"

준호가 눈이 휘둥그레지며 "쉿." 하고 입술에 손가락을 갖다 댔다. 하지만 민호는 더 크게 소리쳤다.

"맞다, 마법의 두루마리!"

준호는 얼른 민호의 입을 막고는 수진과 민호에게 조용히 하라고 눈짓을 보냈다. 그제야 수진이 기세를 누그러뜨리며 작은 목소리로 말했다.

"괜찮아. 오빠네 집에 아무도 없어."

수진이 원망스럽다는 듯이 덧붙였다.

"할아버지 걱정도 안 돼? 어쩌면 이렇게 의리가 없냐? 어디서 뭐하고 계실지, 궁금하지도 않아?"

준호는 얼굴이 벌게졌다. 할아버지 생각을 아주 안 한 것은 아니지만, 수진의 얘기를 듣고 보니 조금 찔렸다. 그간 마법의 두루마리 여행을 하지 않는다는 핑계로 할아버지마저 잊고 지냈던 것이다.

"헤헤, 미안 미안! 우리가 좀 바빴거든. 그렇지, 형?"

민호가 머리를 긁적이며 말했다. 준호도 어색하게 고개를 끄덕였다. 그리고 하얼빈에서 할아버지와 헤어지던 때를 떠올리며 마음속으로 생각했다.

'그 뒤로 할아버지는 어떻게 되셨을까? 지금은 어디에 계실까? 혹시 우리의 도움이 필요한 건 아닐까?'

준호와 민호의 마음속에서 마법의 두루마리 여행이 되살아나는 것을 느끼며 수진이 은밀하게 말했다.

"지금 가 보는 게 어때?"

"그래, 가자, 형!"

수진과 민호는 잔뜩 들뜬 눈빛으로 준호를 보았다.

준호도 두루마리가 궁금하기는 마찬가지였다. 무엇보다 여기서 계속 두루마리 이야기를 할 수는 없었다.

준호는 마지못해 고개를 끄덕였다.

민호와 수진은 "와아!" 하고 소리치며 지하실로 뛰어 내려갔다.

2. 다시 과거 속으로

서늘하고 눅눅한 공기와 퀴퀴한 냄새.

지하실은 여전했다. 문을 여는 순간, 아이들은 반가운 마음에 무심코 "아!" 하고 신음 소리를 냈다. 잊고 있던 모험의 기억들이 문 뒤에 도사리고 있다가 아이들의 머리와 가슴속으로 봇물처럼 밀려드는 것 같았다.

민호가 어둠 속에서 눈을 깜빡이며 말했다.

"으, 깜깜하다!"

수진이 흥분한 목소리로 말했다.

"왠지 으스스하네!"

준호는 실눈을 뜨고 지하실을 둘러보았다. 입구 쪽은 깜깜

했지만, 책이 쌓여 있는 곳 부근의 창문에서 한 줄기 햇빛이 새어 들고 있었다.

준호는 더듬더듬 골방 쪽으로 나아갔다. 수진과 민호도 재빨리 쫓아갔다. 책 더미 사이의 좁은 틈으로 들어가 골방 문 앞에 선 순간, 셋은 무심결에 움찔했다.

"용머리 손잡이다!"

수진이 떨리는 목소리로 말했다. 맨 처음 이 문 앞에 섰을 때처럼, 검푸른 어둠 속에서 용머리 모양의 손잡이가 입을 쩍 벌린 채 아이들을 노려보고 있었다.

끼이익.

준호는 침을 꿀꺽 삼키고는 용머리 손잡이를 잡고 살며시 문을 열었다. 푸르스름한 어둠 속에서 오래된 가죽과 종이, 먼지와 나무에서 나는 오묘한 냄새가 아이들을 반겼다. 마치 오랜 휴식을 끝내고 다시 모험을 시작하려는 아이들에게 환영 인사를 건네는 듯했다.

"이야, 진짜 오랜만이다!"

민호가 소리치자 골방에 고요히 잠겨 있던 공기가 들썩거렸다. 마치 골방이 오랜 잠에서 깨어나 기지개를 켜는 것 같았다.

민호와 수진이 흥분에 들떠 여기저기 살펴보는 사이, 준호는 책장 한쪽에 정리해 둔 두루마리들을 손으로 더듬었다. 그리고 그 가운데 하나를 집어 들어 찬찬히 살펴보았다.

은은한 향내와 예스럽고 기품 있는 모양. 준호는 흐음 하고 숨을 깊이 들이마셨다. 포근하고 부들부들한 두루마리의 감촉도 여전했다.

"다 그대로야!"

민호 말대로였다. 준호가 메고 다니던 수진의 배낭까지 그대로 있었다.

"처음 여기 왔을 때랑 똑같아! 맨 처음 두루마리를 풀었을 때 생각나, 형? 빛이 번쩍 하더니 석기 시대로 갔잖아."

수진도 한마디 했다.

"와아, 그땐 정말 깜짝 놀랐겠다!"

준호는 맨 처음 끈을 풀던 순간, 두루마리가 마치 살아 있는 생물처럼 꿈틀대며 허공으로 떠올라 푸른빛을 번쩍이던 때를 떠올렸다.

과거에 도착하자 두루마리와 모래시계가 떨어져 있던 것, 두루마리에 모래시계 모양의 구멍이 뚫려 있던 것, 현재로 돌아올 시간이 되자 모래시계가 공중으로 날아올라 두루마리에 박히던 것도 차례대로 생각났다.

준호가 수진과 민호에게 타이르듯 말했다.

"다시 여행을 떠나기 전에 마법의 두루마리에 대해 확실히 짚고 넘어가자. 두루마리에 그려진 지도를 보면 우리가 간 곳이 어디인지 알 수 있어. 과거 여행에서 남은 시간을 알려면 모래시계를 보면 돼. 시간이 다 되면 모래시계가 날아와 두루마리에 박히면서 현재로 돌아오게 되거든. 그러니까 과거에서 두루마리와 모래시계를 잃어버리지 않도록 조심해야 돼! 잘못하면 집으로 다시는 못 돌아올 수도 있단 말이야. 그리고……."

갑자기 수진이 끼어들었다.

"그런데 왜 할아버지 두루마리에는 아무것도 그려져 있지 않았을까?"

그랬다. 하얼빈에서 본 할아버지의 두루마리에는 아무것도 그려져 있지 않았다. 게다가 할아버지의 두루마리는 과거에서도 마법을 부렸다.

맨 처음 과거로 갔을 때 준호와 민호는 현재로 돌아갈 수 있지 않을까 싶어 두루마리를 펼쳐 보았다. 하지만 어떤 마법도 일어나지 않았다. 그런데 할아버지의 두루마리는 용머리 지팡이의 끝이 닿자 강렬한 빛을 내뿜으며 할아버지를 어디론가 데려갔다.

'할아버지의 두루마리는 어째서 과거에서도 마법을 부리는 걸까? 그리고 그 용머리 지팡이의 정체는 뭐지?'

그때 준호의 잔소리와 수진의 궁금증이 지겨워진 민호가 눈살을 찌푸리며 두루마리 하나를 집어 들었다.

"그런 건 할아버지를 만나서 물어보면 되잖아. 빨리 과거

로 할아버지를 만나러 가자. 어떤 두루마리를 펼치면 할아버지를 만날 수 있을까?"

그런데 수진이 뜻밖의 말을 했다.

"어쩌면 할아버지의 두루마리가 우리를 찾아올지도 몰라. 저번처럼!"

"저번처럼? 에이, 할아버지가 우리랑 만난 건 우연이잖아. 할아버지가 우리를 보고 깜짝 놀란 거 보면 몰라!"

민호가 따지자 수진이 답답하다는 듯이 되받았다.

"바보. 누가 할아버지가 우릴 찾아온대? 할아버지의 두루마리가 우리를 찾아올 거란 거지."

수진은 자신의 추리에 문득 두려움을 느끼고는 부르르 몸서리를 쳤다.

"그러니까 내 말은, 그 두루마리에 우리를 찾아올 수 있는 힘이 있는지도 모른다는 거야."

수진의 말에 준호도 잊고 있던 두려움이 되살아나 온몸의 털이 곤두서는 것 같았다.

민호가 불쑥 말했다.

"어휴, 뭐라는 거야. 머리 그만 굴리고, 어서 새 두루마리나 풀어 보자!"

이미 민호는 두루마리를 반쯤 풀어 놓은 상태였다. 또다시 멋대로 사고를 친 것이다.

"야, 잠깐!"

준호가 소리치는 순간, 민호의 손을 떠난 두루마리가 허공으로 두둥실 떠올라 눈이 멀 듯한 푸른빛을 내뿜었다.

"으아아아악!"

아이들은 짧은 비명을 남기고 지하실에서 홀연히 사라졌다. 과거 여행을 그만둔 지 꼭 한 달 만의 일이었다.

3. 제발 우리에게 옷을 주세요!

늦겨울이나 이른 봄쯤 되었을까. 여름옷을 입고 온 수진과 민호는 선뜩해서 몸을 움츠리며 "에취!" 하고 재채기를 했다.

"어휴, 또 추운 데로 왔어!"

민호가 콧물을 훌쩍이며 투덜대자, 준호가 "쉿." 하며 민호에게 주의를 주었다. 준호는 귓가에 손을 갖다 대고 신경을 곤두세웠다. 다행히 지나다니는 사람은 보이지 않고, 무지무지 커다란 기와집과 웅장한 돌계단이 눈에 들어왔다.

준호는 재빨리 주위를 둘러보았다. 두루마리와 모래시계는 건물 난간 모서리에 놓인 커다란 청동 솥 부근에 떨어져 있었다. 준호는 누가 볼세라 몸을 낮추고 다가가 얼른 두루마리를 집어 들었다.

"앗, 내 모래시계!"

민호도 잽싸게 모래시계를 주워 주머니에 넣었다. 그러고는 주변을 힐끗거리며 아는 척을 했다.

"형, 여기 궁궐 같아. 뭐였더라? 맞아, 창경궁. 저번에 그 애를 만났던 곳 말이야. 거기랑 똑같아!"

"그 애라니, 그게 누군데?"

수진이 묻자 민호는 "그런 게 있어!" 하고 잘난 척을 했다.

준호는 잠시 지도에서 눈을 떼고 건물들을 찬찬히 둘러보았다. 거대한 기와집 앞으로 펼쳐진 넓은 마당에 창경궁처럼 넓적하고 울퉁불퉁한 돌들이 깔려 있고, 비석 같은 것이 서 있었다. 멀리 문 부근에는 얼핏 창을 든 병사들도 보였다. 민호 말처럼 궁궐인 것 같았다.

하지만 창경궁보다 마당이 훨씬 넓었고, 그 너머로 펼쳐진 드넓은 하늘과 주위에 우뚝 서 있는 푸른 산이 창경궁에서 본 풍경과는 사뭇 달랐다.

준호는 고개를 갸웃하고는 다시 두루마리를 들여다보았다. 한반도가 그려진 왼쪽 지도의 압록강과 두만강 부근에 국경선이 그어져 있었다. 또 지금의 서울 부근에 점이 찍혀 있었다. 역시 이곳은 조선 시대의 도읍인 한양의 궁궐이 맞는 것 같았다.

'조선 시대의 궁궐이라면, 혹시 경복궁*이 아닐까?'

준호는 역사책에서 경복궁이 조선 초기의 대표 궁궐이었다는 이야기를 보았다. 조선을 세운 태조 이성계가 한양을 도읍으로 정하고, 경복궁을 지었다고 했다.

준호의 짐작대로 이곳이 경복궁이라면, 아이들은 조선 초

* **경복궁**
태조 이성계가 조선을 세운 뒤, 도읍을 한양으로 옮기고 나서 지은 궁궐. '경복'은 '큰 복'이라는 뜻으로, 새 왕조가 큰 복을 누려 번영하라는 바람이 담겨 있다. 왕이 신하들과 조회를 하던 근정전과 생활하던 강녕전, 왕비가 생활하던 교태전 외에도 연회장인 경회루와 정문인 광화문 등을 갖추고 있다. 선조 때 임진왜란으로 불타 없어질 때까지 조선의 대표 궁궐로 쓰였다. 지금의 경복궁은 고종 때 흥선 대원군이 다시 세운 것이다.

기의 궁궐에 와 있단 이야기였다.

'이 넓은 마당은 임금이 신하들과 조회를 하던 곳이고, 저기 비석처럼 생긴 것은 품계석*이 아닐까? 그리고 이 옆의 커다란 기와집은…….'

그 순간 수진이 다시 "에취!" 하고 재채기를 했다. 수진이 몸을 움츠리고 소름 돋은 팔을 마구 부볐다.

"으으, 너무 춥다! 여긴 가마니도 없네?"

수진의 코에서는 콧물이 흘러내렸다.

"어떡하지? 옷을 구해야 할 텐데, 여긴 마을도 없어."

수진이 콧물을 훌쩍이며 말하자, 민호가 소리쳤다.

* **품계석**
나라의 큰 행사를 치렀던 근정전 앞마당에는 왕이 지나다니는 길인 어도가 있고, 그 양쪽으로 품계석들이 늘어서 있었다. 품계석에는 벼슬자리의 등급이 새겨져 있어, 신하들은 자기 벼슬에 맞는 품계석 앞에 서서 조회를 했다. 근정전을 바라보고 동쪽에는 문반(문신)이, 서쪽에는 무반(무신)이 섰는데, 이 둘을 합쳐 양반이라고 불렀다. 지배층을 가리키는 '양반'이란 말은 여기에서 나왔다.

"맞다, 옷!"

준호가 화들짝 놀라며 다시 "쉿!" 하고 주의를 주었다 그러자 민호가 소리를 낮추고 속닥거렸다.

"할아버지가 옷을 갈아입는 방법을 알려 주셨잖아!"

그제야 수진과 준호도 과거에서 옷을 갈아입으려면 어떻게 해야 하는지 일러 주던 할아버지의 말이 생각났다.

수진과 준호가 거의 동시에 소리 죽여 외쳤다.

"그래! 그게 있었지!"

"글자에 팻말을 갖다 대라고 했어!"

준호는 얼른 들고 있던 두루마리를 펼쳤다. 두루마리 아래쪽에 기호처럼 생긴 낯선 글자들이 줄줄이 적혀 있었다.

민호는 두루마리의 팻말을 쥐고 열심히 글자들을 들여다보았다. 하지만 아는 글자가 하나도 없었다.

"형, 이 중에 어떤 거야?"

민호가 얼굴을 찡그리며 팻말을 준호한테 주었다.

준호는 지난번 여행에서 글자 구멍을 만져 보았던 기억을 더듬으며, 글자들을 찬찬히 살펴보았다.

"이거다!"

곧 준호가 모래시계에서 왼쪽으로 두 번째에 있는 어떤 글자에 팻말을 갖다 댔다. 아이들은 알지 못했지만, 사실 그 글자는 衣(옷 의) 자의 상형 문자로 옛날 사람들이 입던 윗옷 모양을 본뜬 글자였다.

아니나 다를까, 두루마리가 살며시 꿈틀거렸다. 준호는 놀라서 두루마리를 떨어뜨릴 뻔했다.

하지만 그뿐이었다. 아이들이 눈을 동그랗게 뜨고 두루마리를 지켜보았지만, 곧 꿈틀거림이 멎더니 아무 일도 일어나지 않았다.

"어? 왜 이러지?"

수진이 묻자 민호가 말했다.

"내가 해 볼게!"

그러고는 눈을 감고 마술사처럼 주문을 외웠다.

"수리수리 마하수리, 옷 내놔라, 뚝딱!"

하지만 여전히 아무 일도 일어나지 않았다.

수진이 고개를 갸웃거리며 말했다.

"너무 건방지게 말해서 안 되는 걸까? 좀 더 공손하게 부탁해야 하나?"

그러고는 다소곳한 표정과 자세로 나지막이 중얼거렸다.

"수리수리 마하수리, 두루마리님, 제발 우리에게 옷을 주세요!"

두루마리는 이번에도 살짝 꿈틀거리기만 할 뿐 어떤 마법도 보여 주지 않았다.

아이들은 야속한 얼굴로 두루마리를 바라보았다.

그 순간 누군가 다가오는 발소리가 났다. 아이들은 놀라서 고개를 쳐들었다. 민호가 말했다.

"큰일 났다! 누가 오고 있어."

수진이 애타는 마음으로 두루마리에게 간절하게 빌었다.

"아, 제발, 제발, 두루마리님!"

준호와 민호도 다시 두루마리를 붙잡고 간절하게 빌었다.

"두루마리님, 두루마리님!"

그러다가 셋이서 거의 동시에 한목소리로 외쳤다.

"제발 우리에게 옷을 주세요!"

갑자기 두루마리에서 하얀 연기 같은 것이 피어오르더니 아이들을 휘감았다. 그리고 어느새 아이들의 옷이 옛날 옷으로 바뀌어 있었다.

아이들은 서로를 쳐다보다가, 옷이 바뀐 것을 알고 눈이 휘둥그레졌다.

"어, 수진이 너!"

민호가 소리치자 수진도 활짝 웃으며 말했다.

"민호 너, 옷 바뀌었다! 준호 오빠도!"

그러고는 민호와 함께 손을 잡고 팔짝팔짝 뛰었다.

"만세, 됐다!"

준호가 얼른 아이들에게 조용히 하라고 주의를 주었다. 하지만 준호도 눈앞에서 일어난 마법이 믿어지지 않아 자신과 민호, 수진의 모습을 거듭 살폈다.

준호와 민호는 기다란 녹색 옷에 가죽신을 신고 머리에 관모를 쓰고 있었다. 텔레비전에서 보던 환관*들의 옷차림과 비슷했다.

---

* 환관

임금의 시중을 들거나 궁궐의 잡일을 하던 사람. '내시'라고도 하며, 임금의 명령을 전하고 궁궐 문을 지키거나 궁궐을 청소하는 등의 일을 했다. 궁에서 살면서 일하는 장번 환관과 궁 밖에 살면서 출퇴근하는 출입번 환관이 있었다. 장번 환관 가운데 왕을 가까이에서 모시던 환관은 큰 권력을 누렸다. 모시던 왕이 죽으면 궁궐 밖에 나와 살면서, 죽을 때까지 흰 상복을 입었다.

수진은 남색 치마에 흰 저고리를 입은 모습이었다. 궁궐에서 흔히 볼 수 있는 궁녀들의 옷차림처럼 보였다.

아이들은 서로를 쳐다보며 깔깔대고 웃었다. 셋 다 영락없이 궁궐에서 일하는 아이들 같았다.

"하하, 너 꼬마 환관 같아!"

수진이 말하자 민호도 한마디 했다.

"너도! 궁녀* 같아!"

그사이에 준호는 얼른 두루마리를 집어서 살펴보았다. 모래시계 모양의 구멍에서 왼쪽으로 두 번째 자리에 글자 모양의 구멍이 뚫려 있었다.

준호는 "역시!" 하고 고개를 끄덕이며 배낭에 두루마리를 챙겨 넣었다. 배낭이 환관 옷 속에 있어 시간이 조금 걸렸다.

---

* 궁녀

궁궐에서 일하는 여자로, 보통 상궁과 나인을 일컫는다. 왕족의 시중을 들고, 빨래와 음식 만들기, 청소 등을 했다. 크게 견습 나인(생각시), 나인, 상궁으로 나뉘며 그중 상궁이 가장 높다. 남색 치마는 나인을 상징하는 대표적인 옷이다. 빠르면 4~6세에 궁에 들어와 생각시가 되며, 10~15년 정도 지나면 정식 나인이 되고, 다시 10~15년이 지나면 상궁이 되었다.

민호도 생각난 듯 "내 모래시계!" 하고 바지 주머니가 있던 자리를 더듬었다. 하지만 옛날 옷에는 주머니가 없는지, 손끝에 모래시계가 만져지지 않았다. 민호는 당황해서 허리춤을 더듬거렸다. 허리끈 부근에서 뭔가 딱딱한 게 만져졌다.

민호가 소리쳤다.

"어? 모래시계가 여기에 들어 있네!"

환관복을 들추어 보니, 바지 허리에 복주머니 같은 것이 묶여 있고 그 안에 모래시계가 들어 있었다. 민호가 신이 나서 수진에게 "멋지지?" 하고 뻐기듯이 말했다.

그때였다.

"네 이년!"

어디선가 차가운 공기를 가르는 앙칼진 소리가 들려 왔다.

아이들은 놀라서 고개를 돌렸다.

4. 궁녀에게 끌려간 수진

아이들 바로 뒤에서 머리에 비녀를 꽂은 여인이 다가왔다. 아이들은 겁에 질려 달아나려 했지만, 이미 늦었다.
여인이 소리쳤다.
"여기서 뭘 하고 있는 게냐! 어디서 일하는 아이야?"
여인은 몹시 화가 난 듯 수진을 쏘아보며 다그쳤다.
"어린 것이 벌써부터 사내놈들과 시시덕거리다니! 그것도 근정전* 앞에서, 무엄하게 이 무슨 짓인고! 어느 처소에서 일하는 생각시냐! 당장 대지 못할까!"
여인의 서릿발 같은 호통에 수진이 당황해서 말을 더듬었다.

"어, 어……. 저, 저는……."

준호와 민호도 너무 놀라서 입만 벙긋거리며 아무 말도 못 했다.

여인은 저고리 위에 앞길과 뒷길이 길게 늘어진 초록색 당의를 입고 머리에 금빛으로 반짝거리는 첩지(옛날에 부녀자들이 예를 갖출 때 머리 위를 꾸미던 장식품)를 하고 있었다. 차림새로 보아 여인은 상궁인 듯했다. 수진보다 훨씬 높은 사람이었다.

여인이 다시 호통을 쳤다.

* **근정전**

경복궁에서 가장 큰 건물로 임금이 신하들과 조회를 하던 곳이다. 근정이란 '천하의 일은 부지런하면 잘 다스려진다'는 뜻이다. 나라와 임금의 권위를 나타내기 위해 석단을 2단으로 쌓고 그 위에 2층으로 보이는 근정전을 지었다. 석단 난간에는 동서남북을 지키는 청룡, 백호, 주작, 현무의 사신과 열두 동물을 나타내는 십이지 신상 등이 장식되어 있다. 근정전 앞마당에서는 임금의 즉위식이나 법령 반포, 외국 사신 접대 같은 나라의 중요한 행사가 치러졌다. 이 때문에 근정전 앞마당을 가리키던 '조정(조회를 여는 마당)'이 임금이 신하들과 나랏일을 하는 정부를 뜻하게 되었다.

"어디서 일하는 생각시인지 묻지 않았느냐!"

수진은 얼굴이 빨개진 채 어쩔 줄 몰랐다.

"저, 저는 그저 시, 심부름을 왔다가…… 기, 길을 잃고, 이 아이들한테……."

마침 그때 마당 모퉁이에 있는 샛문에서 수진과 비슷한 옷을 입은 여인 서너 명이 모습을 드러냈다. 여인들은 다과상을 들고 오다가, 수진을 발견하고는 화들짝 놀라서 허겁지겁 다가왔다.

그중 우두머리로 보이는 여인이 호통을 치던 여인에게 깍듯이 고개를 조아리며 물었다.

"제조상궁* 마마, 어인 일이시옵니까? 이 아이는 저희

*** 제조상궁**

상궁은 궁궐에서 일하던 궁녀 가운데 가장 신분이 높았다. 머리와 꼬리에 금칠을 한 은개구리 첩지를 하는 것으로 그 신분을 나타냈다. 제조상궁은 상궁 가운데서도 가장 높았다. 궁에서 임금의 명을 받고 내전의 재산을 관리했다. 가장 큰 어른이 되는 상궁이란 뜻으로 '큰방 상궁'이라고도 불렸다.

처소에 새로 들어온 생각시인 듯한데, 마마님께 꾸중을 듣고 있으니 소인이 몸 둘 바를 모르겠사옵니다."

제조상궁이라 불린 여인이 다소 화를 누그러뜨리고 지엄하게 꾸짖었다.

"대체 나인들을 어찌 관리하기에 어린 것이 여기서 환관들과 시시덕거리는 것이냐? 가뜩이나 궁이 어수선한데 어린 것들까지 경거망동해서야 되겠느냐!"

우두머리 여인은 고개를 조아린 채 거듭 죄송하다고 빌었다. 그러더니 뒤따르던 여인 하나에게 매섭게 눈치를 주었다.

눈짓을 받은 여인이 고개를 숙인 채 수진을 노려보았다. 그리고는 제조상궁에게 고개를 조아리며 아주 공손한 목소리로 말했다.

"죄송합니다, 마마님. 제가 데리고 가서 알아듣게 혼을 내겠습니다."

다음 순간 여인이 수진의 손목을 덥석 잡더니, 건물 뒤

　쪽으로 홱 잡아끌었다.

　수진은 어쩔 줄 몰라 하며 여인에게 끌려갔다.

　민호와 준호는 놀라서 수진을 쫓아갔다.

　"잠깐만요."

"저, 저기요."

제조상궁이 혀를 끌끌 찼다.

민호가 여인과 수진의 뒤를 쫓아가며 소리쳤다.

"저기요, 그 아가씨는 잘못이 없어요! 제가 그냥 뭣 좀 물어본 거예요!"

수진을 끌고 가던 여인이 걸음을 멈추고 황당하다는 듯이 돌아보았다. 수진은 '아가씨'라는 말이 기분 좋은 듯 살며시 웃으며 어깨를 으쓱했다.

여인이 민호에게 쏘아붙였다.

"이 아가씨는 잘못이 없다? 네가 이 아이와 무슨 상관이기에 이리 나서는 것이냐?"

뒤따라온 준호가 민호를 거들었다.

"우, 우리 때문에 그 아가씨가 혼이 날까 봐요."

하지만 여인은 코웃음을 쳤다.

"주제넘게 누가 누구를 걱정하는 게야? 대체 너희는 어디서 일하는 아이들이냐? 어디 소속이기에 일은 안 하고,

이렇게 아녀자의 꽁무니를 졸졸 쫓아오는 것이야!"

여인이 준호와 민호를 아래위로 매섭게 훑어보더니, 수상쩍다는 듯이 덧붙였다.

"그리고 아가씨라니? 이 아이가 양반 댁 규수도 아닌데, 그 무슨 말이냐? 그러고 보니, 더욱 수상하구나. 이 아이에게 딴맘이라도 품은 게냐? 아니면 이 아이와 무슨 못된 작당이라도 하는 게야?"

여인이 다그치자 민호는 화들짝 놀라며 고개를 절레절레 저었다.

"모, 못된 작당이요?"

민호가 당황해서 말을 더듬자, 수진이 얼른 말했다.

"당치 않으십니다. 저 아이는 오늘 처음 만난 아이입니다. 애들아, 나는 괜찮으니 어서 가거라."

민호가 '야, 너 어쩌려고 그래?' 하는 얼굴로 수진을 뚫어져라 바라보았다. 준호도 걱정스러운 눈빛으로 수진을 보았지만, 지금으로서는 달리 방법이 없었다. 수진의 판

단이 옳았다.

그때 느닷없이 고함 소리가 났다. 여인도, 아이들도 놀라서 소리가 난 곳을 찾아 두리번거렸다.

소리는 기와집 뒤쪽 문 너머에 있는 건물에서 나는 것 같았다. 무시무시한 고함 소리와 뭔가를 탕탕 내리치는 소리가 연이어 났다.

여인은 놀란 나머지 얼굴이 하얘진 채 입을 가리고 문 너머 건물을 쳐다보았다.

그 틈을 타서 수진이 준호에게 신호를 보냈다.

'나중에 여기로 올게.'

준호가 여인 몰래 고개를 까딱했다.

---

* 주상 전하

주상은 임금을 뜻하고, 전하는 조선 시대에 왕을 높여 부르던 말이다. 전하는 궁궐을 뜻하는 전각의 '전'자와 아래 '하'자를 합친 말로, 전각 아래에서 우러러본다는 뜻이 담겨 있다. 궁궐의 전각에 사는 왕에게 이 호칭을 붙였다. 고려 시대에는 왕을 '폐하'로, 왕위를 이을 사람을 '태자'로 불렀으나, 원나라의 간섭이 심해진 고려 말 충렬왕 때부터 '전하'와 '세자'로 낮추어 부르게 되었다. 고려가 망한 뒤에도, 조선은 강대국인 중국 명나라와 갈등을 피하고자 명나라를 받들며 계속 이 호칭을 사용했다.

'응, 알았어!'

민호도 눈을 찡긋했다.

여인이 겁에 질린 얼굴로 수진을 돌아보며 말했다.

"주상 전하*께서 크게 노하셨나 보구나. 괜한 날벼락이 떨어지기 전에 너희도 어서 가거라!"

여인은 그렇게 말하고는 수진의 손목을 잡고 샛문 쪽으로 총총히 사라졌다.

준호는 걱정스러운 표정으로 수진의 뒷모습을 보고 있다가, 방금 여인이 '주상 전하'라고 했던 말을 떠올렸다. 여인의 말대로 지금 저 고함 소리가 주상 전하, 그러니까 임금이 화를 내는 소리라면 뭔가 안 좋은 일이 일어난 것이 분명했다.

준호는 불안한 마음으로 소리가 난 건물을 힐끗거렸다. 이 주변에 있으면 위험할 것 같았다. 하지만 수진과 다시 만나려면, 멀리 갈 수도 없었다.

준호가 잠시 생각을 해 보고는 말했다.

"수진이가 이리로 온다고 했으니까, 일단 여기 어딘가에 숨을 곳이 있는지 찾아보자."

준호가 주위를 둘러보며 나지막이 말하자 민호도 "응." 하고 고개를 끄덕였다.

그 순간 다시 천둥 같은 고함 소리가 울렸다.

"무엄하다!"

아까보다 더 크고 노여움에 찬 소리였다.

"형, 아까 그 아줌마가 주상 전하라고 했지? 그럼 지금 임금님이 소리 지르는 거야?"

준호는 대답 대신 고개를 끄덕였다.

도대체 저토록 화가 나서 소리를 지르는 임금은 누구일까? 어떤 임금이기에 저렇게 화를 내며 궁이 떠나가도록 고함을 지르는 것일까?

민호가 눈을 반짝이며 말했다.

"형, 어떤 임금님인지 우리 살짝 가서 보고 오자!"

준호는 화들짝 놀라며 손을 저었다.

"안 돼! 그러다 들키면 어쩌려고! 게다가 그사이에 수진이가 오면 어떡해?"

그러자 민호가 소리를 낮추며 속삭였다.

"조심하면 되잖아! 그리고 수진이는 방금 끌려갔는데, 어떻게 바로 와? 잠깐만 갔다 오자. 응?"

민호는 모래시계를 꺼내서 보여 주며 "이것 봐, 시간도 많이 남았어!" 하고 말했다.

"오늘따라 모래가 더 천천히 흘러내리는 것 같아."

민호가 모래시계를 들여다보며 말하자 준호가 어이가 없다는 듯 물었다.

"네가 어떻게 알아?"

민호가 가슴을 두드리며 자신 있다는 듯이 말했다.

"내가 모래시계 담당이잖아! 오늘은 아마 시간이 넉넉할 거야."

준호는 고개를 설레설레 저으며 한숨을 내쉬었다.

그때 건물 맞은편의 거대한 출입문 너머에서 "뿌우." 하는 소리가 나더니, 곧이어 한 떼의 사람들이 저벅저벅 걸어가는 발소리가 났다.

준호와 민호는 재빨리 계단 쪽으로 뛰어가 청동 그릇 뒤에 몸을 숨겼다. 그리고 발소리가 나는 마당 너머를 걱정스럽게 엿보았다.

군복을 입고 창을 든 수많은 병사들이 마당 앞의 커다란

문 너머로 줄지어 가고 있었다. 맨 앞에 선 사람이 깃발을 들고 있는 것으로 보아, 아마도 시간이 되어 교대를 하러 가는 것 같았다.

"안 되겠다, 얼른 숨어야겠어!"

준호는 민호를 데리고 숨을 곳을 찾아 건물 뒤로 돌아갔다. 그런데 건물 뒤편에는 복도처럼 생긴 행각이 길게 늘어서서 조금 전 고함 소리가 난 건물로 통하는 문과 이어져 있었다. 그 문으로 누가 온다면 금세 들킬 터였다.

'어차피 숨을 데가 없다면…….'

준호는 마음을 바꾸었다. 어설프게 숨어서 시간을 허비하느니, 차라리 민호 말대로 화난 임금이 누군지 알아보는 게 나을 것 같았다.

"좋아. 임금님이 누군지 가서 보자!"

준호의 말에 민호는 손으로 자기 입을 막은 채 "야호!" 하고 소리를 질렀다.

둘은 몸을 낮추고 고함 소리가 났던 문 가까이 다가가 살며시 안을 엿보았다. 정면에 건물이 한 채 있고, 그 건물 앞에서 환관들이 고개를 조아리고 서 있었다. 환관들의 눈에 띄지 않고 건물에 가까이 가려면 다른 길을 찾아야 할 것 같았다.

"저쪽으로 가 보자!"

준호는 민호를 데리고 수진이 사라진 샛문 쪽으로 갔다.

준호와 민호는 담을 따라 살금살금 걸어가다가 소리가 난 건물 쪽으로 통하는 또 다른 샛문을 발견하고는 조심스레 그곳으로 들어갔다. 훗날 알게 되지만, 그 건물은 사정전*이었다.

고함 소리가 조금 전보다 더 크고 또렷하게 들려왔다.

▲ 사정전 내부

* **사정전**
왕이 신하들과 나랏일을 보던 공식 집무실이다. 근정전 바로 뒤편에 있으며 입구에 사정문이 있다. '사정'이란 '깊이 생각하여 나라를 다스린다'는 뜻이다. 세종 시대에 사정전은 근정전과 복도처럼 생긴 행각으로 연결되어 있었다.

5. 팽팽하게 맞서는 임금과 신하

준호와 민호는 혹시라도 사람들의 눈에 띌까 봐 기둥에 달라붙은 채, 푸른 나무 창살에 귀를 갖다 댔다.

"어허, 쓸데없다니! 무슨 소리냐!"

준호는 놀라서 얼른 창살에서 떨어졌다. 하지만 민호는 더욱 호기심이 이는 듯 손가락 끝에 침을 묻혀 창살 사이의 창호지에 구멍을 뽕 뚫었다.

"이야, 잘 보인다!"

민호가 구멍에 눈을 갖다 대고 속닥거렸다. 준호는 들킬까 봐 조마조마하면서도 민호를 따라 했다. 정말 건물 안이 환히 보였다.

푸른 관복을 입은 신하들이 고개를 조아린 채 두 줄로 나란히 마주 앉아 있었다. 두 줄 사이에는 어떤 사람이 앞쪽을 향해 무릎을 꿇고 앉아 있었다. 그 사람이 마주한 곳에는 바닥보다 조금 높은 단이 있었는데, 그 단에 놓인 나무 의자에 붉은 옷을 입은 사람이 앉아 신하들을 내려다보고 있었다. 아마도 아까 고함을 지른 임금인 것 같았다.

아니나 다를까, 곧 단 위에서 임금이 호통을 쳤다.

"이두*를 만든 본뜻이 백성을 편하게 하기 위함이 아니냐. 새로 만든 글 또한 백성을 편하게 하기 위한 것이다. 한데 그대들은 어찌 이두를 만든 설총은 옳게 여기고 그대들의 임금이 한 일은 옳지 않다고 하는 것이냐!"

신하들은 고개를 조아린 채 말이 없었다. 그때 임금 앞

---

* 이두

한자의 소리와 뜻을 빌려 우리말을 적은 표기법. 신라 때 설총이 당시에 전해 내려오던 표기법을 정리한 것으로 조선 시대까지 관청에서 문서를 작성할 때 많이 쓰였다. 중국말을 표기하던 한자를 바탕으로 했기 때문에 우리말을 온전히 나타내는 데 한계가 있었고, 글을 쓸 때 사용하는 문자였기 때문에 시간이 지날수록 실제 쓰이는 말과 차이가 많았다.

에 꿇어 앉아 있던 신하가 용감하게 대답했다.

"전하, 아뢰옵기 황공하오나, 정음은 오랑캐의 글자를 닮지 않았사옵니까. 지금 조선에는 엄연히 한자가 있는데……."

임금이 더 참지 못하고 신하의 말을 잘랐다.

"뭐라! 오랑캐의 글자!"

임금은 화가 나서 얼굴이 벌게지도록 고함을 질렀다.

"그대가 상소에 이르기를, 정음을 쓰는 것이 오랑캐와 같아지는 것이라 하였느냐? 또한 정음을 만든 것이 '새롭고 기이한 재주'에 불과하다니, 이 무슨 방자한 소리냐!"

신하 역시 전혀 물러서지 않고 임금에게 맞섰다.

"그런 뜻은 아니오나, 정음은 명백히 오랑캐의……."

임금이 발을 쿵 구르며 신하의 말을 다시 잘랐다.

"너희가 운서가 무엇인지 아느냐? 사성과 칠음의 자모가 몇 개인지 아느냐! 이것을 내가 바로잡아 놓지 않으면, 누가 있어 바로잡겠느냐!"

임금에게 대들던 신하는 고개를 숙인 채 입을 다물었다. 하지만 전혀 임금의 말을 받아들이는 눈치가 아니었다. 뜻을 굽힐 마음이 전혀 없는 듯, 못마땅한 표정으로 임금의 말을 듣고 있었다.

'정음? 오랑캐의 글자?'

정음이란 말이 왠지 낯설지가 않았다. 분명 들어본 말인데, 어디서 들은 것일까?

준호는 앞서 들었던 '이두'와 '설총'이란 말과 함께, 방금 임금이 말한 '사성', '칠음'과 '자모' 같은 단어를 곱씹어 보았다. 자모란 자음과 모음을 말하는 걸까? 그리고 이두라면 혹시 신라 때 만들어진 그 이두를 가리키는 걸까?

"어휴, 무슨 소린지 하나도 모르겠네! 형은 알겠어?"

민호의 속삭임에도 준호는 조용히 임금의 이야기에 귀를 기울였다.

　"글자를 만드는 일이 들에 나가 매를 부리며 사냥하는 일에 비할 바가 아니거늘, 너희 말이 괘씸하기 짝이 없도다!"

　순간 '글자를 만드는 일'이라는 말이 준호의 귀에 딱 걸렸다.

　'글자를 만든다면, 혹시!'

　준호는 소름이 끼쳤다. 정음, 이두, 자모란 낱말들이 비로소 하나의 낱말로 합쳐졌다.

　훈민정음. 임금이 말한 글자란 바로 훈민정음*이었다.

　그렇다면 지금 신하들 앞에서 호통을 치고 있는 사람은

---

* **훈민정음**

한글의 옛 이름. '백성을 가르치는 바른 소리'라는 뜻으로, '정음'이라고도 한다. 세종 대왕이 글을 모르는 백성도 쉽게 익혀서 쓸 수 있도록 만든 우리 문자로, 적은 글자 수로 우리말의 모든 소리를 나타낼수 있었다. 1446년 처음 반포할 때는 자음 17자, 모음 11자의 총 28자였으나, ·(아래아), ㅿ(반시옷), ㆆ(여린히읗), ㆁ(옛이응)은 지금은 사용하지 않는다.

바로 세종 대왕!

　준호는 무심코 두 손을 모으고, 단 위의 임금을 우러러보았다. 세종 대왕은 준호가 우리나라의 위인들 가운데 가장 존경하는 분이었다. 백성들을 위해 우리글을 만드셨고, 집현전을 통해 수많은 학자들을 길러 내어 학문과 문화를 발전시킨 임금이었다.

　그토록 존경하는 분을 실제로 보다니, 준호는 마치 꿈만 같았다.

　"형, 저 임금님, 누구야?"

　민호가 작은 소리로 묻자 준호가 떨리는 목소리로 대답했다.

　"세종 대왕 같아."

　"뭐! 세종 대왕?"

　민호도 깜짝 놀라 구멍에서 눈을 떼고 돌아보았다. 그러고는 "세종 대왕은 나도 아는데! 한글을 만드신 분이잖아?" 하고 아는 척을 했다.

준호는 말없이 고개를 끄덕였다.

민호가 의아하다는 듯이 물었다.

"형, 세종 대왕은 훌륭한 임금님이었잖아. 그런데 왜 저렇게 화를 내는 거야? 그리고 저 신하는 왜 임금님한테 막 대드는 거야?"

준호가 구멍으로 임금과 신하들의 모습을 하나하나 살펴보고 나서 작은 목소리로 속삭였다.

"아마 세종 대왕 앞에 꿇어 앉아 있는 저 사람은 최만리*일 거야. 훈민정음 사용을 반대했던 사람이지."

민호가 구멍으로 최만리의 모습을 들여다보며 이해할 수 없다는 듯이 되물었다.

"왜 반대를 하는데? 한글은 좋은 거잖아."

---

* **최만리**

세종 때의 학자. 올곧은 성품의 청렴한 관리로, 임금이 하는 일이라도 옳지 않다고 생각되면 상소를 올렸다. 집현전 학사였으나 명나라와의 관계를 중요하게 여겨 훈민정음을 반대했다. 당시는 중국 명나라를 떠받드는 분위기가 널리 퍼져 있어, 우리 문자를 따로 만들어 쓰는 것이 중국을 적으로 삼는 일이나 다름없다고 여겨 많은 학자들이 상소를 올렸다.

준호는 잠시 생각을 가다듬고는 나지막이 대답했다.

"당시 양반들은 모두 한자*를 썼대. 그런데 세종 대왕께서 백성들도 쉽게 익힐 수 있는 우리글 훈민정음을 만들어서 양반과 백성들이 함께 쓰라고 한 거야. 그러자 양반들이 백성들은 글자를 알 필요가 없고, 자기들은 그냥 한자를 쓰면 된다면서 훈민정음을 쓰는 데 반대했지."

민호가 눈이 동그래져서 속닥였다.

"어이가 없다! 우리 글자를 만들었는데 왜 남의 글인 한자를 쓰겠다고 저 난리래?"

"양반들은 중국의 한자만이 진짜 글자라고 생각했으니

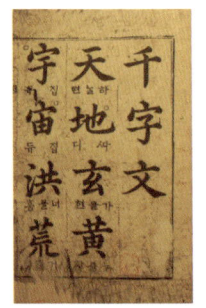
▲ 《천자문》

* 한자

중국의 옛 문자. 중국 한나라 때 완성된 문자라 하여 '한자'라고 한다. 중국 문화권에 있던 아시아의 여러 나라에서 널리 쓰였으며, 이를 일컬어 '한자 문화권'이라고 한다. 말할 때 쓰는 말이 따로 있었지만, 그 말을 적는 문자가 없어 오랫동안 한자를 대신 사용했다. 이 때문에 지금도 한자 문화권에는 한자로 된 낱말이 많이 남아 있다. 현재 중국에서는 한자를 간단히 표기할 수 있도록 고친 '간체자'를 쓴다.

까. 집현전 학사였던 최만리가 직접 세종 대왕께 훈민정음을 사용하면 안 된다는 상소*를 올렸어."

그때 안에서 웅성대는 소리가 났다.

준호와 민호는 다시 구멍을 들여다보았다. 어느새 세종 대왕이 단 위의 의자에서 내려와 바닥에 서 있었다.

몇몇 신하들이 걱정스러운 얼굴로 세종 대왕을 둘러싼 채 서성였다. 세종 대왕 앞에 꿇어 앉아 있던, 머리가 허옇게 센 신하는 어디로 갔는지 보이지 않았다.

세종 대왕을 에워싼 신하 하나가 말했다.

"전하, 너무 역정 내지 마시옵소서. 행여 옥체가 상하실까 염려되옵니다."

* 상소

신하가 자신의 의견을 글로 써서 임금에게 올리는 일, 또는 그 글을 가리킨다. 주로 나랏일에 대한 의견이나 무엇인가 요청하는 내용이 많았으며, 임금과 뜻이 다를 때 많이 올렸다. 이름이 적히지 않은 것은 접수되지 않았고, 임금의 비서 기관인 승정원을 통해 임금에게 전해졌다. 상소 방법에 따라 임금만 볼 수 있게 밀봉해서 올리는 '봉장(봉사)', 1만 명 안팎의 서명을 받아 유생들이 공동으로 올린 '만인소' 등이 있다. 만인소는 지금으로 치면 국민청원과 같다고 할 수 있다.

세종 대왕은 고단한 얼굴로 신하들에게 말했다.

"머리를 식히고 싶구나. 조금 걷다 들어갈 테니, 다들 물러가거라."

세종 대왕의 말에 신하들은 어쩔 줄 모르고 주춤거렸다.

"경회루*로 갈 것이다. 환관만 대동할 것이니, 아무도 따라오지 마라!"

쌀쌀한 날씨에 임금이 밖으로 나간다고 하자, 신하들이 한목소리로 말렸다.

"아니 되옵니다, 전하!"

하지만 세종 대왕은 단호하기 그지 없었다.

* **경회루**
경복궁에 있는 누각. '나라에 경사(경)가 있을 때 연회(회)를 베푸는 누각(루)'이라는 뜻이다. 이곳에서 왕은 신하들과 연회를 열거나 외국 사신을 접대했다. 북악산의 물을 끌어 들여 만든 커다란 연못 안에 세워져 있으며, 세 개의 돌다리로 땅과 연결된다. 조선의 누각 가운데 가장 큰 것으로, 임진왜란 때 불에 탄 것을 270여 년이 지난 고종 때 다시 지었다.

"어허, 물러가라 하지 않았느냐!"

세종 대왕이 신하들의 걱정스러운 얼굴을 뒤로하고 밖으로 나가자, 환관 하나가 몸을 낮춘 채 그 뒤를 따랐다.

준호와 민호는 창호지 구멍에서 눈을 떼고는, 기둥 뒤에 숨어 세종 대왕이 나오는 모습을 몰래 엿보았다.

"따라가 보자!"

그 말을 한 것은 놀랍게도 준호였다.

민호가 눈이 휘둥그레지며 물었다.

"형이 웬일이야?"

준호는 당연하다는 듯이 소곤거렸다.

"세종 대왕이잖아."

민호가 황당해 하며 물었다.

"수진이는 어떻게 하고?"

준호가 나지막이 되받았다.

"오늘 시간이 많다고 했던 게 누구더라?"

민호는 씨익 웃었다. 준호가 먼저 나서서 모험을 하자는

데, 말릴 이유가 있을까?

"응, 오늘 시간 많아! 가자, 형!"

둘은 조용히 손바닥을 마주치고는 재빨리 세종 대왕의 뒤를 쫓아갔다.

6. 도망

여인에게 끌려간 수진은 샛문을 지나, 그 옆으로 길게 뻗은 길을 따라서 총총걸음으로 걸어갔다. 여인은 수진의 뒤에 바짝 붙어 오면서, 수진이 속도를 늦추거나 멈추어 설 때마다 걸음을 재촉했다.

수진은 신경을 곤두세운 채 이정표가 될 만한 것들을 꼼꼼히 살펴보았다. 한참을 가자 2층 누각이 있는 문이 보이고, 그 너머로 다시 작은 기와집들이 줄지어 서 있었다. 여인은 수진을 데리고 그 문을 지나 길게 늘어선 기와집들 쪽으로 바삐 걸음을 옮겼다.

'이대로 계속 가다가는 길을 잃어버릴지도 몰라. 좋은 수가

없을까?'

궁리를 하다 보니, 수진의 걸음이 저절로 느려졌다.

"어서 가지 못해!"

여인이 재촉하며 뒤에서 등을 떠밀었다.

그 순간 수진에게 좋은 생각이 떠올랐다.

수진은 길섶으로 쓰러지는 척하며 길가 화단에서 굵은 흙을 한 움큼 쥐었다. 그러고는 길이 구부러지는 곳마다 흙을 조금씩 뿌리며 걸었다. 마치 헨젤과 그레텔처럼.

왼쪽의 작은 샛문을 지나 담을 따라 한참 동안 걸어가다가, 다시 작은 문 앞에서 오른쪽으로 꺾어 들었다. 거기서 다시 작은 샛문을 지나자 지금까지와는 달리 아담한 크기의 기와집들이 나란히 줄지어 서 있었다.

'여기는 어디일까?'

수진은 주위를 두리번거리며 흙을 슬쩍 뿌리고는 길을 자세히 살펴보았다. 나중에 도망칠 때 되짚어가기 위해서였다.

"어험, 어험!"

관모를 쓴 대감들이나 화려한 비단옷을 입은 여인들을 마주칠 때마다, 수진을 쫓아오던 여인은 걸음을 멈추고 고개를 조아린 채 비켜서서 그들이 지나가기를 기다렸다. 수진은 그 틈을 타서 슬그머니 흙을 뿌리고, 건물들과 길을 눈여겨보았다. 건물들이 하나같이 비슷비슷해서, 왔던 길로 제대로 되돌아갈 수 있을지 걱정스러웠다.

'어휴!'

제법 쌀쌀한 날씨에도 수진은 진땀이 났다.

이윽고 여인이 걸음을 멈춘 곳은 작은 기와집들이 촘촘히 들어서 있는 곳 뒤쪽이었다.

수진의 키보다 조금 더 높은 샛문을 지나, 여인이 말했다.

"너, 정말 아까 그 환관들하고 아무 상관도 없는 거지? 궁궐에서 행여 허튼 짓이라도 하는 날엔 목숨을 부지할 수 없을 것이야!"

여인이 매섭게 다그쳤지만, 그런 으름장에 기가 죽을 수진이 아니었다. 수진은 눈을 동그랗게 뜨고 여인을 쳐다보며 말했다.

"허튼 짓이라니요, 맹세코 그런 일은 없습니다! 저는 정말 결백합니다!"

여인이 눈을 부릅뜨며 말했다.

"아니, 이것이 뭘 잘했다고!"

수진은 여인의 기세에 눌려 잠시 움츠러들며 고개를 살짝 떨어뜨렸다. 하지만 이내 여인의 눈치를 보며 슬쩍 물었다.

"저어, 그런데요, 아까 주상 전하가……."

여인이 날카롭게 쏘아보자 수진은 움찔해서 입을 다물었다. 하지만 곧 작은 소리로 다시 물었다.

"왜 그렇게 화가 나신 거예요?"

여인이 "어이구!" 하며 수진의 머리를 쥐어박고는 졌다는 듯이 말했다.

"대감 나리들의 반대 때문일 거야."

"반대요? 신하들이 임금님한테요? 뭘 반대하는데요?"

여인이 팔짱을 끼고 긴 한숨을 내쉬었다.

"주상 전하께서 우리 글자를 만드셨는데, 그걸 대감 나리들이 반대한다는구나. 주상 전하께서 아끼시는 집현전 학사* 나리들 중에도 반대하는 분들이 많다지."

"우리 글자를 만드셨다고요?"

수진이 묻자 여인이 아는 척을 했다.

"너는 아직 어린 데다 궁에 들어온 지 얼마 되지 않아서 잘 모르겠지만, 전하께서는 보통 분이 아니시란다. 밤낮으로 공부하시며 여러 대감들과 학문을 토론하시지. 그리고 이번엔 글자까지 만드셨단다. 백성들이 글을 익혀 억울한 일을 당하지 않도록 하려고 말이야. 뭐라더라, 훈민정음이랬던가?"

그 순간 수진의 머릿속에 번개같이 떠오르는 이름이 하나 있었다.

---

* 집현전 학사

집현전은 옛 제도를 연구하고 책을 모으거나 펴내는 곳이다. 고려 때부터 있었으며, 세종 때 나라를 돌볼 인재를 길러내기 위해 궁궐 안에 설치되었다. 집현전 학사는 과거에 합격한 젊은 인재들 중에서 가려 뽑아 다른 관직을 거치지 않고 집현전에서 10-20년 동안 학문 연구에 몰두하게 했다. 집현전 학사들은 세종이 학문을 꽃피우고 나라를 다스리는 데 큰 뒷받침이 되었다.

세종 대왕. 글자를 만든 임금이라면 세종 대왕이 분명했다. 그렇다면 수진이 아까 들었던 목소리는 세종 대왕의 목소리였단 말인가?

수진이 여인에게 물었다.

"그런데 임금님은 지금 몇 살……?"

"시끄럽다! 쪼끄만 게 뭐가 그리 궁금한 게 많은 게냐?"

여인은 수진을 끌고 좁은 샛길을 빠져나가 뒤뜰로 갔다.

그곳에서는 수진 또래의 아이들이 옹기종기 모여 산더미처럼 쌓인 설거지를 하느라 정신이 없었다.

여인은 설거지를 하는 아이들 틈으로 수진의 등을 떠밀며 말했다.

"어서 가서 일이나 해. 들어온 지 얼마 안 되었으니 오늘은 그냥 넘어간다만, 다시 아까처럼 놀다가 들키는 날엔 크게 경을 칠 줄 알아라. 알겠느냐?"

여인이 다시 한 번 다짐을 주자 수진은 다소곳이 "네." 하고 대답하며 설거지하는 아이들 틈으로 들어갔다.

여인은 그제야 안심이 되는 듯 한숨을 내쉬고는 다시 샛문으로 나갔다.

수진은 사라지는 여인의 뒷모습을 보다가 눈앞에 쌓인 그릇을 보고는 "으악!" 하고 소리를 질렀다. 밥그릇과 국그릇, 접시 등 엄청나게 많은 그릇들이 산더미처럼 쌓여 있었다.

'이 많은 설거지를 언제 다 한담?'

수진은 입을 한 주먹이나 내민 채 밥그릇이 담겨 있는 큰 설거지통에 손을 담갔다.

"앗, 차가워!"

수진은 무심코 비명을 지르며 얼른 손을 뺐다. 물이 너무 차가웠다.

'이렇게 차가운 물에 설거지를 하라니, 너무하는 거 아냐?'

수진은 속으로 꿍얼거리며 다른 아이들은 어떻게 하는지 둘러보았다. 아이들은 손이 시리지도 않은지 아무렇지 않게 설거지를 하고 있었다.

수진은 다시 물에 손을 담그고 그릇을 씻었지만, 하나도 다

씻지 못하고 손을 호호 불었다. 손이 시리고 얼얼하다 못해 머리까지 띵했다.

그때 사납게 생긴 아이 두어 명이 쓱 일어나더니, 수진에게 저벅저벅 다가왔다.

눈앞에 그늘이 드리우자, 수진은 무슨 일인가 하고 고개를 쳐들었다. 심보가 고약하게 생긴 생각시 두 명이 수진을 잡아먹을 듯이 내려다보고 있었다.

"야, 너는 어디서 놀다가 이제 온 것이냐? 새로 왔으면 나한테 신고부터 해야지."

그중 한 명이 말했다. 눈치로 보아 생각시들의 우두머리인 것 같았다.

수진은 떨떠름한 눈빛으로 그 아이를 올려다보았다.

그러자 우두머리 생각시가 별안간 큰 소리로 외쳤다.

"얘들아, 설거지 그만해!"

그 소리에 설거지를 하던 아이들이 어리둥절한 얼굴로 고개를 쳐들었다.

우두머리 생각시가 말했다.

"남은 설거지는 얘가 다 할 거야. 그러니까 다들 그만해."

그러고는 발로 수진의 다리를 툭 찼다.

"아까 수라간 나인님 말씀을 듣자 하니 어디서 놀다가 온 모양인데, 우리는 지금까지 열심히 했거든? 그러니까 남은 일은 네가 다 해!"

수진은 발끈했다.

"그런 게 어디 있어! 이 많은 설거지를 어떻게 나 혼자 다 하란 말이야?"

우두머리 생각시가 눈을 부라리며 으르렁거렸다.

"그래서, 못하겠다는 거야?"

그 사나운 표정에 수진은 그만 기가 질렸다. 게다가 다른 아이들도 쑤군대며 수진을 보고 있었다.

"알았어. 하면 될 거 아냐!"

수진은 그렇게 말하고 설거지통에 다시 손을 넣었다. 정면으로 맞서기보다는 설거지를 하는 척하다가 적당히 기회를 봐서 도망가야겠다고 생각한 것이다.

하지만 수진은 그릇을 몇 개 씻지도 못하고 설거지통에서 손을 뺐다. 물이 너무 차가워서 손이 떨어져 나갈 것 같았다.

"아, 손 시려. 물이 너무 차가워!"

수진이 비명을 지르자 우두머리 생각시가 말했다.

"그럼 물이 차갑지, 따뜻할 줄 알았더냐?"

수진이 꿍얼거렸다.

"고무장갑도 없고!"

우두머리 생각시가 어이가 없다는 표정으로 쏘아붙였다.

"뭐, 곰을 잡는다고? 난데없이 웬 곰 타령이냐?"

수진은 풋 하고 웃음이 나는 것을 겨우 참았다.

우두머리 생각시가 수진의 머리를 쥐어박으며 윽박질렀다.

"쓸데없는 소리 말고, 빨리 설거지나 해! 그리고 다들 물러서. 누구든 도와주면, 가만두지 않을 테다!"

수진은 입을 삐죽거리며 다시 설거지를 시작했다. 설거지를 하던 아이들은 우두머리 생각시의 눈치를 보며 쭈뼛쭈뼛

자리에서 일어났다. 그러고는 하나둘 설거지통에서 물러나 다른 할 일을 찾아 떠났다.

수진은 손이 시린 것을 꾹 참고 설거지를 했다. 어찌나 추운지, 심장까지 얼어붙는 것 같았다.

'이대로 계속할 순 없어!'

수진은 일단 여기서 도망쳐야겠다고 생각했다.

다음 순간 수진은 설거지통에 들어 있던 대접에 물을 떠서 우두머리 생각시의 얼굴에 확 끼얹었다.

"앗, 차가워!"

물세례를 받은 우두머리 생각시가 얼굴을 가리며 비명을 지르자, 수진은 이때다 하고 냅다 도망쳤다.

생각시가 물을 뒤집어쓴 채 소리쳤다.

"잡아!"

달리기라면 누구에게도 지지 않는 수진이었다. 하지만 이번에는 상황이 달랐다. 치렁치렁한 긴 치마가 거치적거려서 빨리 뛸 수가 없었다. 발을 내디딜 때마다 치맛자락이 다리를 휘감는 통에 앞으로 고꾸라질 것 같았다.

"네 이년, 거기 서지 못해!"

물을 뒤집어쓴 생각시가 귀신처럼 쫓아오며 소리쳤다. 그 뒤로 나머지 생각시들이 저마다 소리를 지르며 따라왔다. 그 아이들한테 잡혔다가는 살아 돌아가기 힘들 것 같았다.

"에라, 모르겠다!"

수진은 결심한 듯 치마를 걷어 올려 두 손으로 움켜쥐고 속바지를 드러낸 채 달리기 시작했다. 볼썽사납기는 했지만, 달리기는 한결 쉬웠다.

생각시들은 속바지를 다 내놓고 달리는 수진의 해괴망측한 행동에 놀라서 그 자리에 얼어붙어 눈을 가리거나 고개를 돌렸다. 우두머리 생각시도 입을 쩍 벌린 채 눈이 휘둥그레

져서 바라보았다. 궁에서 이토록 낯 뜨거운 광경은 처음이었다. 수진은 달리기 실력을 뽐내며 오는 길에 뿌려 두었던 흙 표시를 찾아 쏜살같이 달려갔다.

7. 세종 대왕을 만나다

생각시들을 따돌린 수진은 나인에게 끌려왔던 길을 차근차근 되짚어갔다. 왼쪽, 오른쪽 모퉁이를 돌고 샛문들을 빠져나가자 비슷비슷한 기와집들이 나타났다. 다행히 어디가 어딘지 헷갈릴 때마다 아까 뿌려 둔 흙들이 "여기야, 여기!" 하고 소리치듯 길을 알려 주었다. 수진은 요리조리 모퉁이를 돌아서 마침내 약속 장소에 도착했다.

담 너머로 거대한 기와집을 본 순간, 수진은 숨을 헐떡이며 걸음을 멈추었다. 제법 추운 날씨인데도 이마에서 땀이 흘렀다. 수진은 가쁜 숨을 몰아쉬며 샛문을 지나 재빨리 주위를 둘러보았다. 하지만 준호와 민호가 보이지 않았다.

'어, 이상하다. 분명히 여기인데…….'

수진은 건물을 쳐다보며 건물의 생김새와 문의 모양, 계단 난간과 난간 모서리에 있는 청동 솥을 유심히 살폈다.

아까 그 장소가 맞는 것 같았지만 확신이 서지 않았다. 조금 전보다 주위가 어둑한 것 같기도 하고, 건물이 더 작아 보이기도 했다. 어쩐지 모든 것이 조금씩 낯설었다.

'여기가 아닌가?'

수진이 사방을 살펴보는데, 담 너머에서 두런거리는 말소리가 들렸다.

수진은 문 옆 담벼락에 바짝 붙어 서서 다소곳이 고개를 숙였다. 곧 푸른 관복을 입은 사람들 서너 명이 이야기를 주고받으며 지나갔다.

"전하의 노여움이 이만저만이 아닐세."

"그러게 말일세. 최만리 대감도 의금부에 하옥되었으니, 원. 앞으로는 말조심해야겠어."

"두고 보게. 앞으로 전하의 훈민정음에 반대하는 이들은 화를 면할 수 없을 걸세."

사람들은 저마다 혀를 끌끌 차거나 고개를 절레절레 저으며 말했다.

사람들이 멀어져 가자 수진은 담에서 살며시 떨어져 나와 다시 주위를 둘러보았다. 그러다가 계단 끝에 뭔가가 떨어져 있는 것을 발견했다.

'어, 저게 뭐지?'

수진은 눈이 동그래져서 바닥에 떨어져 있는 작은 주머니를 주웠다. 자주색 비단으로 만든 주머니가 어쩐지 눈에 익었다.

수진은 호기심에 주머니를 살짝 열어 보았다.

"아니, 이건!"

주머니 안에는 놀랍게도 모래시계가 들어 있었다. 그 주머니는 민호가 떨어뜨린 것이었다.

수진은 씨익 웃으며 이마의 땀을 닦았다.

'둘이 여기 있었나 보구나. 그런데 모래시계를 떨어뜨리다

니, 쯧쯧쯧! 모래시계 담당이 칠칠치 못하게!'

수진은 혀를 끌끌 차며 모래시계를 들여다보았다. 모래시계의 모래가 얼마 남아 있지 않았다. 과거에 머물 시간이 얼마 없다는 뜻이었다.

수진은 계단 위로 뛰어 올라가 주위를 두리번거렸다. 빨리 준호와 민호를 찾지 못하면 혼자 과거에 남겨진 채 영영 집으로 돌아가지 못할지도 모른다.

수진은 정신없이 사방을 휘둘러보았지만, 준호와 민호의 모습은 전혀 보이지 않았다.

"아이참, 어디 간 거야!"

수진은 황급히 계단을 내려왔다. 왼쪽 길 끝에 작은 문이 하나 있었다. 수진은 얼른 달려가 문 너머를 살펴보았다.

앞쪽에는 또 다른 기와집이 있고, 오른쪽 옆으로는 커다란 연못과 멋진 정자 같은 것이 보였다. 연못가에 붉은 옷을 입은 사람과 푸른 옷을 입은 사람이 서 있었는데, 거기서 조금 떨어진 곳에 아이 둘이 나무 뒤에 숨은 채 두 사람을 엿보고 있었다. 그중 한 아이는 등이 불룩했다. 멀어서 잘 보이지는 않았지만, 환관복 속에 배낭을 멘 준호가 분명했다.

"저기 있다!"

수진이 기뻐하며 문 밖으로 나가려는 순간, 등 뒤에서 반갑지 않은 고함 소리가 들렸다.

"야, 거기 서!"

수진은 불길한 기분으로 돌아보았다.

맙소사! 아까 수진을 쫓아오던 그 생각시였다.

'아, 진짜 지독하네!'

수진은 다시 치마를 걷어 올리고 냅다 문 밖으로 뛰쳐나가 왼쪽 길로 뛰기 시작했다. 생각시도 이번엔 놓치지 않겠다는 듯 눈에 불을 켜고 달려왔다.

시간은 얼마 남지 않았는데, 준호와 민호는 멀리 떨어져 있고 생각시한테 쫓기는 신세라니! 수진은 두려움과 초조함에 심장이 쿵쾅쿵쾅 뛰었다. 수진은 우두머리 생각시를 따돌리고 준호와 민호를 만나기 위해 죽을힘을 다해 달렸다.

한편 세종 대왕을 쫓아간 준호는 연신 싱글거리고 있었다. 세종 대왕이 환관을 데리고 바람을 쐬러 간 곳은 경회루 앞이었다.

"형, 이렇게 바라보기만 하면 뭐해?"

나무 뒤에 준호와 함께 숨어 있던 민호는 답답해서 속이 터질 것 같았다.

"임금님한테 가 보자. 인사도 하고 악수도 하는 거야!"

"야, 그러다 우리 정체가 탄로 나면 어쩌려고!"

준호가 놀라서 대꾸하자 민호가 되물었다.

"옷도 이렇게 입었는데, 왜 탄로가 나? 세종 대왕을 만날 수 있는 절호의 기회잖아. 가 보자, 형!"

그러고는 준호가 말릴 틈도 없이 나무 뒤에서 튀어 나가 세종 대왕에게 달려갔다.

"안녕하세요, 임금님!"

민호가 씩씩하게 인사하자, 세종 대왕 옆에 있던 환관이 눈을 부라리며 호통쳤다.

"무엄하다! 어디 감히 상감마마 앞에 함부로 나서는 것이냐! 전하께서는 조용히 쉬고 계시니, 썩 물러가거라!"

하지만 민호는 전혀 기죽지 않고 세종 대왕을 바라보며 말했다.

"죄송해요, 임금님. 하지만 우리 형이 임금님을 너무 좋아하거든요. 임금님께 잠깐 인사만 드리고 갈게요, 네?"

"어허, 이놈이 그래도!"

환관이 발을 쿵 구르며 윽박질렀다.

민호를 쫓아온 준호는 심장이 쪼그라드는 것 같았다. 하지만 기왕 이렇게 된 거, 평소 존경하던 세종 대왕과 이야기할 기회를 놓치고 싶지 않았다.

"철없는 제 동생을 용서하세요. 상감마마, 만나 뵙게 되어 황공하옵니다."

준호는 얼굴이 벌게진 채 고개를 푹 숙였다.

혹시 세종 대왕이 화를 내면 어쩌나 싶어 마음이 조마조마

했다. 신하들과 말다툼을 벌이느라 몹시 지쳐 있을 세종 대왕에게 말을 걸어 미안한 마음도 들었다.

세종 대왕이 나지막한 목소리로 말했다.

"고개를 들라."

준호는 그 말에 이끌리듯 고개를 들고 세종 대왕을 보았다. 뜻밖에도 세종 대왕의 지친 얼굴에는 인자한 웃음이 떠올라 있었다.

세종 대왕은 엷게 웃으며 말했다.

"집현전 학사들도 나무라기만 하는 나를 좋아하는 아이가 있다니, 참으로 반갑구나!"

세종 대왕의 말은 진심인 것 같았다.

민호가 거 보란 듯이 준호를 보고 방긋 웃었다.

"그럼요! 우리 형이 임금님을 얼마나 좋아하는데요!"

준호는 민호의 손을 잡으며 진정시키고는, 이내 기어 들어가는 소리로 말했다.

"상감마마, 부디 힘내세요!"

세종 대왕이 소리가 잘 안 들린다는 듯 고개를 갸웃하자, 준호는 용기를 내 좀 더 큰 소리로 말했다.

"상감마마, 지금은 대신들이 반대해도 상감마마께서 만드신 그 글자는 온 백성이 대대손손 쓰게 될 것입니다. 그리고 전 세계 사람들이 아주 뛰어난 문자라고 칭송할 것입니다."

민호도 의기양양하게 덧붙였다.

"맞아요, 한글*은 세계 최고예요! 우리나라 글자가 세계에서 가장 훌륭하대요. 한글을 발명하신 임금님은 정말 훌륭해요, 너무 멋있어요!"

민호는 우하하하 웃었다. 스스로 생각해도 너무 멋지게 말한 것 같았다.

* 한글
우리 문자를 이르는 말로, 주시경을 비롯한 한글학자들이 붙인 이름이다. 우리 문자는 세종 대왕이 훈민정음을 반포할 당시에는 '정음(바른 글자)' 또는 낮추어서 '언문(속된 글자)'으로 불렸고, 19~20세기 초에는 '국문(나라글)'으로 불렸다. 그러다 일본이 우리나라를 강제로 통치하며 일본어를 사용하게 하자, 우리말과 글을 지키려는 운동이 일어났고 그때부터 '한글'이라고 불리게 되었다. 한글의 '한'은 순우리말로 '하나, 바르다, 크다'는 뜻이다. 곧 한글은 '하나밖에 없는 크고 바른 글자'를 뜻한다.

"무엄하다! 뉘 안전이라고 함부로 웃는 게냐!"

환관이 눈을 부릅뜨고 민호를 꾸짖었다. 하지만 세종 대왕은 손짓으로 환관을 말렸다.

세종 대왕이 호기심 어린 얼굴로 물었다.

"한글이라니? 그게 무엇이냐?"

세종 대왕은 '한글'이라는 말을 몰라서 물었지만 민호는 자기가 한글도 모르는 줄 알고 그렇게 물었나 싶어 당당하게 대답했다.

"그야 기역, 니은, 디귿……."

세종 대왕의 눈이 휘둥그레졌다.

"네가 기역, 니은을 안단 말이냐?"

"그럼요!"

민호가 자신 있게 대답하자 세종 대왕이 물었다.

"어떻게 알았느냐? 대신들도 아직 잘 모르는 그 글자를, 너 같은 어린아이가 어찌 안단 말이냐?"

아차! 준호는 뜨끔했다. 환관이 옆에서 의심스러 눈초리로 민호를 노려보았다. 여차하면 궁의 일을 몰래 염탐했다고 의심받을 수도 있었다.

준호는 자신도 모르게 기지를 발휘했다.

"상감마마, 저희는 집현전을 청소하는 아이들입니다. 청소를 하다가 집현전 학사 나리들이 그 글자를 쓰시는 걸 보았습니다."

"오, 그래?"

세종 대왕은 놀랍다는 듯이 준호를 보았다. 청소를 하다가 어깨 너머로 글을 익혔다니, 참으로 기특한 일이 아닐 수 없었다.

준호가 말했다.

"한자는 너무 어려워서, 봐도 무슨 글자인지 잘 모릅니다. 하지만 훈민정음은 글자가 쉬워서 금방 익힐 수 있었어요."

세종 대왕의 얼굴이 환해졌다.

"그렇지! 그래, 그래, 내가 바로 그 때문에 훈민정음을 만든 것이다. 너희 같은 어린아이들도 익히기 쉽다고 하니, 비로소 마음이 놓이는구나. 대신들이 아무리 반대해도 이것을 꼭 우리 글자로 쓰게 해야겠다!"

세종 대왕이 상기된 얼굴로 말했다.

"네, 상감마마, 꼭 그렇게 해 주세요. 백성들도 아주 좋아할 거예요. 자손 대대로요!"

조금 전 대신들의 거센 반대에 부딪혔던 터라, 세종 대왕은 준호의 말에 어린아이처럼 기뻐했다.

"그래, 고맙구나! 청소를 하면서 어깨 너머로 글자를 익혔다고 했지? 자, 그럼 어디 기역을 한번 써 보겠느냐?"

준호는 세종 대왕이 기뻐하는 모습을 보고 가슴이 뿌듯했다. 그때 민호가 냉큼 나섰다.

"제가 써 볼게요! 그 정도는 누워서 떡 먹기인걸요!"

민호는 "기역!" 하고 소리 내어 말하며 손가락으로 바닥에 기역 자를 썼다.

세종 대왕이 환히 웃으며 말했다.

"옳거니! 잘하는구나. 어디 니은도 써 보아라."

민호는 그까짓 것쯤은 식은 죽 먹기라는 듯 바닥에 니은을 썼다.

"어디, 이응도 써 보아라!"

민호는 자신만만하게 동그라미를 그렸다. 이번에는 환관도 눈이 둥그레져서 민호를 보았다.

세종 대왕은 무척이나 흡족해하며 환관을 돌아보았다.

"아니, 어린아이들이 이렇게 똑똑할 수가! 더구나 청소를 하면서 익혔다니, 상이라도 내려야겠다. 오, 이것이 훈민정음이로다! 훈민정음의 길이로다!"

민호는 우쭐했다. 세종 대왕이 감탄하는 모습에 저도 모르게 "우헤헤, 이히히." 하고 웃음이 새어 나왔다.

하지만 2학년짜리가 기역, 니은을 잘 쓴다고 칭찬을 받으니 조금 머쓱하고 쑥스럽기도 했다.

민호가 몸을 배배 꼬며 말했다.

"에이 뭘요, 이 정도는 유치원 애들도 다 쓰는걸요."

그러자 세종 대왕이 어리둥절한 표정으로 물었다.

"유치원? 그것은 어디 있는 기관인고?"

준호는 다시 가슴이 뜨끔했다.

찬바람 때문인지 세종 대왕이 쿨럭쿨럭 기침을 했다. 환관이 놀라서 다가가며 걱정스레 말했다.

"전하, 바람이 찹니다. 어서 내전*으로 드시지요."

세종 대왕은 괜찮다는 듯 손을 내젓고는 곤룡포* 소맷부리에서 헝겊을 꺼내 입가를 닦았다.

"이 아이들과 훈민정음에 대해 얘기를 나누다 보니, 시간 가는 줄 모르겠구나."

하지만 목소리도, 낯빛도 지친 기색이 역력했다. 환관은 걱정과 원망이 뒤섞인 얼굴로 세종 대왕과 아이들을 번갈아 보았다.

그때 준호의 배낭에서 두루마리가 꿈틀거렸다. 오랜만에

---

* **내전**
궁궐 안에 임금과 왕비가 생활하던 곳. 일하는 공간인 외전과 분리되어 궁궐 안쪽에 자리잡고 있다. 경복궁에서는 왕의 거처인 강녕전과 왕비의 거처인 교태전, 대비가 살던 자경전이 내전이고, 궁궐의 큰 행사가 열리던 근정전과 왕의 공식 집무실인 사정전이 외전이다.

과거 여행을 왔기 때문일까, 아니면 세종 대왕과 만났다는 사실이 너무 감격스러워서일까, 준호는 두루마리의 꿈틀거림이 새삼 신비롭게 느껴졌다. 이제 집으로 돌아가야 할 시간이었다.

준호는 아쉬운 마음으로 세종 대왕에게 고개를 조아렸다.

"상감마마. 옥체를 보존하세요. 저희도 이만 가 봐야 할 것 같습니다."

뭐라고!

민호가 펄쩍 뛰며 준호를 보았다. 한창 재미있는데 도대체 왜 그러냐는 얼굴이었다.

준호가 엄지로 등 뒤의 배낭을 가리켰다. 두루마리가 꿈틀댄다는 신호였다.

* 곤룡포
임금이 일할 때 입던 옷. 누런빛이나 붉은빛 비단으로 지은 옷으로, 가슴과 등과 어깨에 금실로 용무늬를 수놓은 흉배를 붙였다. 이것을 '보'라고 하는데, 왕의 곤룡포에는 발톱이 다섯 개인 오조룡보를, 세자는 발톱이 네 개인 사조룡보를, 세손은 발톱이 세 개인 삼조룡보를 붙였다.

'내 모래시계는 꿈쩍도 안 하는데?'

민호는 모래시계를 만져 보려고 주머니를 더듬었다. 그러고는 얼굴이 노래졌다. 주머니가 없어졌다! 모래시계가 들어 있던 주머니가 없어진 것이다!

민호는 허둥지둥 허리춤을 더듬었다. 혹시나 주머니가 땅에 떨어져 있지 않을까 싶어 주위를 둘러보기도 했다. 하지만 아무것도 없었다.

준호는 무슨 영문인지 알 수 없었지만, 일단 그곳을 떠나야 할 것 같았다.

"상감마마, 죄송합니다. 저희는 이만 가 보겠습니다!"

준호는 재빨리 인사하고는 민호의 손을 잡고 뛰기 시작했다. 뒤에서 환관이 호통을 치는 소리가 들렸다.

"이런 무엄한 놈들! 전하 앞에서 웬 경거망동이냐!"

환관은 바닥을 쿵쿵 구르며 고함을 질렀다. 하지만 세종 대왕이 다시 기침을 하자 "전하!" 하고 세종 대왕을 살피러 돌아섰다.

준호와 민호는 왔던 길로 정신없이 달려갔다.

"형, 큰일 났어! 모래시계가 없어졌어!"

민호가 뒤에서 따라오며 소리쳤다. 하지만 준호는 걸음을 멈추지 않고 대답했다.

"지금 모래시계가 문제가 아니야! 빨리 수진이를 찾아야 해! 모래시계는 시간이 되면 두루마리로 날아올 거야. 두루마리가 펼쳐지기 전까지 수진이를 찾지 못하면, 수진이는 집으로 돌아가지 못할지도 몰라!"

"맞다, 수진이!"

그제야 민호도 수진을 찾기 위해 달리면서 주위를 두리번거렸다.

준호와 민호의 숨소리가 거칠어질수록 준호의 배낭에 들어 있는 두루마리는 더욱더 세차게 꿈틀댔다. 과거에 머물 수 있는 시간이 거의 끝나 가고 있었다.

'아, 어떡해! 여기에 수진이를 두고 가게 되면!'

준호는 숨을 헐떡이며 연못 길을 지나 수진과 약속했던 기와집, 그러니까 근정전 뒤쪽으로 정신없이 달려갔다.

준호와 민호가 막 작은 문으로 들어설 무렵, 배낭에서 두루마리가 삐죽이 비어져 나왔다.

"아, 어떡해! 수진아, 수진아!"

준호는 안타깝게 소리치며 수진을 찾았다.

과거 속에 수진을 혼자 두고 간다면……. 생각만 해도 끔찍했다.

"수진아, 수진아!"

준호는 숨이 턱까지 차올라 목소리가 잘 나오지 않았다.

민호도 목이 터져라 수진의 이름을 불렀다.

"수진아, 수진아! 수진아!"

그때였다. 저 앞에서 낯익은 여자아이가 치맛자락을 움켜쥐고 속바지를 다 드러낸 채 쏜살같이 달려왔다.

수진이었다! 수진이 준호와 민호 못지않게 헐떡대며 정신없이 뛰어오고 있었다.

이제 두루마리는 허공으로 둥실 떠올라 모래시계가 날아오

기를 기다리고 있었다.

하지만 모래시계는 어디에 있을까? 정말 때가 되면 두루마리로 날아와서 박힐까? 민호는 몹시 초조했다.

이윽고 수진이 두루마리 부근에 도착한 순간, 놀랍게도 수진 쪽에서 모래시계가 휘익 날아올랐다. 그리고 눈 깜짝할 사이에 두루마리 속으로 날아가 박혔다. 다음 순간 눈이 멀듯한 푸른빛이 번쩍이며 아이들이 온데간데없이 사라졌다.

멀리서 수진을 쫓아오던 생각시는 그 자리에 멈추어 서서 멍하니 허공을 바라보았다. 방금 전까지 눈앞에서 달려가던 여자아이는 대체 어디로 사라진 걸까? 그리고 맞은편에서 고함을 지르던 남자아이들은?

우두머리 생각시는 얼빠진 사람처럼 한동안 그 자리에 서 있었다.

8. 두루마리에 숨겨진 비밀

셋은 지하실에 돌아와서도 한동안 말없이 헐떡거리기만 했다. 수진을 과거에 혼자 두고 올까 봐 가슴을 졸였던 준호는 어둠 속에서 안도의 한숨을 내쉬었다. 수진도 혼비백산했던 터라 쉽게 마음이 진정되지 않았다.

먼저 침묵을 깬 것은 역시 민호였다.

"살았다! 다시 집으로 돌아왔어!"

차츰 어둠에 눈이 익자 셋은 서로를 훑어보았다. 어느새 옷이 바뀌어 있었다. 수진이 입고 있던 생각시 옷도 민호와 준호의 환관 옷도 원래 입고 있던 티셔츠로 돌아왔다.

수진이 옷을 새삼 더듬어 보고는 신기한 듯 소리쳤다.

"옷이 다시 바뀌었네. 내가 주웠던 주머니도 없어졌고!"

"무슨 주머니?"

민호가 묻자 수진이 타박을 주었다.

"무슨 주머니는 무슨 주머니야. 모래시계가 들어 있던 주머니지! 네가 바닥에 떨어뜨렸잖아!"

"그거 네가 주웠어? 난 또 잃어버린 줄 알고 걱정했네!"

민호가 다행이라는 듯 하하 웃자, 수진이 구박했다.

"뭐야, 모래시계 담당이 칠칠치 못하게. 그렇게 잘 챙기지 못할 거면, 내가 모래시계를 갖고 있는 게 낫겠어!"

민호가 "말도 안 돼!" 하고 펄쩍 뛰었다.

민호의 반발에 수진이 입을 삐죽이며 말했다.

"알았어, 알았어! 그러니까 잘 챙기란 말이야! 모래시계를 그렇게 흘리고 다니다가 무슨 일이 생기면 어쩌려고 그래? 모래시계가 얼마나 중요한 물건인지는 너도 잘 알잖아?"

민호와 수진이 티격태격하는 동안, 준호는 세차게 뛰는 심장을 진정시키며 세종 대왕을 떠올렸다. 인자한 웃음을 머금은 얼굴을 생각하자, 가슴이 벅차올랐다. 존경하는 세종 대왕을 만나다니, 아무리 생각해도 꿈만 같았다.

흐으음. 준호는 숨을 깊이 들이마셨다가 후우 내쉬었다.

수진한테 구박을 받아 잠시 기가 죽었던 민호가 낄낄대며 수진을 놀렸다.

"야, 너는 무슨 여자애가 치마를 다 걷어 올리고 뛰냐? 궁궐에서 속바지를 다 내놓고 뛰는 꼴이라니! 너희 엄마가 그 모습을 봤어야 하는 건데!"

민호가 비웃자 수진이 버럭 화를 냈다.

"야, 너, 한복 입고 뛰기가 얼마나 힘든지 알아? 내가 끌려가서 얼마나 고생했는데! 찬물로 설거지하느라 죽는 줄 알았다고! 손이 떨어져 나가는 줄 알았단 말이야!"

민호가 푸하하하 웃음을 터뜨렸다.

"뭘, 그 정도 가지고! 형이랑 나도 불국사 갔을 때 벽돌 나르느라 죽는 줄 알았다고!"

수진은 그제야 분이 조금 풀리는 듯 씨익 웃었다. 하지만 곧 새침하게 눈을 흘기며 말했다.

"내가 간신히 도망쳐 나와 약속 장소로 갔더니, 아무도 없더라? 어떻게 나만 쏙 빼놓고, 세종 대왕을 만나러 갈 수가 있어? 너무해!"

준호가 놀라서 입을 떡 벌렸다.

"어, 세종 대왕인 줄 어떻게 알았어?"

수진이 뾰로통한 얼굴로 대답했다.

"흥, 오빠가 안 가르쳐 주면 내가 모를 줄 알고! 그 정도는 나도 다 알아."

민호가 아무렇지 않게 말했다.

"우린 네가 그렇게 금방 올 줄 몰랐지! 더구나 눈앞에 세종 대왕이 걸어가는데, 너 같으면 그냥 있었겠냐?"

틀린 말은 아니었다. 눈앞에 세종 대왕이 있는데, 수진이라고 가만있었을까? 그래도 민호와 준호가 세종 대왕을 만나는 동안 자기만 죽도록 고생을 했다고 생각하니, 수진은 억울하기도 하고 배신감도 들었다.

"쳇, 그래도 그렇지!"

수진이 눈을 흘기자, 준호가 사과했다.

"미안해, 수진아. 네가 용감하게 그 나인을 따라가지 않았다면, 우리도 그 무서운 제조상궁한테 무슨 일을 당했을지 몰라. 우리가 세종 대왕을 만날 수 있었던 건 다 네 덕분이야. 앞으로는 헤어지지 않도록 조심하자."

민호도 미안한 듯이 수진에게 말했다.

"고맙다, 수진아. 네 덕분에 세종 대왕님한테 기역, 니은 잘 쓴다고 칭찬도 받았어!"

수진은 그제야 마음이 풀리는지 배시시 웃었다.

"아까 그 건물 계단 쪽에 숨어 있었지? 주머니가 거기 떨어져 있더라."

민호가 멋쩍은 듯 헤헤헤 웃었다.

"솔직히 모래시계를 잃어버린 줄도 몰랐어. 옷이 바뀌니까 이런 일도 일어나네? 에이, 옷이 바뀌니까 안 좋은 점도 있다, 그치?"

그러자 준호가 다짐하듯 말했다.

"아무래도 옷이 바뀌면 더 조심해야 할 것 같아. 모래시계나 두루마리를 잃어버리면 큰일이야. 모래시계는 멀리 떨어져 있어도 때가 되면 두루마리를 찾아오겠지만, 두루마리를 잃어버리면 돌아올 수 없으니까."

민호는 "응, 알겠어!" 하고 냉큼 대답했다. 그러고는 기대에 찬 목소리로 말했다.

"다음에는 장군 옷이나 임금 옷으로 바뀌면 좋겠다!"

수진이 가소롭다는 듯이 대꾸했다.

"야, 너 같은 어린애 장군이 어디 있어? 그나마 내 덕분에 옷을 갈아입게 된 줄 알아! 내가 주문을 맞혔잖아."

그러자 준호가 바로잡았다.

"그건 아니지. 너 혼자 주문을 외웠을 땐 아무 일도 안 일어났잖아. 중요한 건, 셋이 '한꺼번에' 외쳐야 한다는 거야."

민호가 "맞아!" 하고 맞장구를 쳤다. 그러고는 원망스럽다는 듯이 덧붙였다.

"할아버지는 가르쳐 주려면 좀 제대로 가르쳐 주시지!"

"음, 혹시 마법의 힘을 함부로 사용하지 못하게 하려고 그러신 게 아닐까? 그러니까 두루마리에는……."

준호의 말에 민호와 수진이 말똥말똥 쳐다보았다.

"그러니까 두루마리에는, 우리가 모르는 비밀이 엄청나게 숨겨져 있는 게 분명해."

준호가 덧붙인 말에 민호와 수진은 침을 꼴깍 삼켰다.

"그럼 두루마리의 비밀을 알아내면, 옷 갈아입는 거 말고 다른 마법도 쓸 수 있단 얘기야? 두루마리에 옷 글자 말고 다른 글자들도 많이 있었잖아!"

수진이 말하자 민호가 흥분해서 말했다.

"그럼 두루마리가 양탄자처럼 커질 수도 있겠다! 어쩌면 하늘을 날 수도 있고!"

수진이 맞장구를 쳤다.

"하늘을 날 수 있다니, 상상만 해도 멋지다!"

하늘을 나는 마법의 두루마리라니! 터무니없는 공상일지

몰라도, 셋은 가슴이 부풀어 올랐다.

"좋아, 다음에는 두루마리를 좀 더 자세히 살펴보자!"

아이들은 한동안 잊고 지냈던 마법의 두루마리에 대한 기대감이 새록새록 되살아나는 것을 느꼈다. 그 순간만큼은 과거에서 돌아오지 않는 할아버지에 대한 걱정도, 할아버지가 주의를 주었던 마법에 대한 두려움도 까맣게 잊어버리고, 다음 과거 여행만 생각했다.

준호의 역사 노트

과거 여행을 다녀온 뒤, 역사 박사 준호는 도서관과 아빠의 서재를 들락거리며 세종 대왕 연구에 몰두했다. 준호는 무엇을 알아냈을까?

세종은 왜 훈민정음을 만들었을까?

우리나라는 고유의 말을 갖고 있었지만, 그것을 적을 문자가 없어서 오랫동안 중국의 한자를 사용했다. 곧 입으로는 우리말로 말하고 글은 다른 나라 글자로 쓴 것이다.

한자는 지금까지 알려진 글자 수만 5만 자에 이를 정도로 익혀야 할 글자 수가 많다. 더욱이 뜻을 나타내는 글자이기 때문에 새로운 낱말이 생길 때마다 새로운 글자를 만들어야 한다. 이렇게 만들어진 글자를 모두 기억해 바르게 쓰기란 쉬운 일이 아니었다. 부유한 양반들은 어린 시절부터 중국의

책인 《천자문》, 《논어》 등으로 한자를 익혔지만, 먹고살기 바쁜 백성들이 한자를 제대로 익히기란 꿈도 꾸지 못할 일이었다. 백성들은 어려운 한자를 배울 길이 없어 책을 읽을 수도 없었고, 나라의 중요한 일을 알리는 방이 붙어도 읽지 못했다. 한자를 알지 못했기 때문에 억울한 일을 당해도 나라에 직접 호소할 방법이 없었다.

이에 세종은 쉽게 배우고 쓸 수 있는 우리 글자를 만들었다. 우리말의 소리를 바탕으로 만들어, 적은 글자 수로도 모든 우리말을 나타낼 수 있는 글자. 이것이 바로 '훈민정음(백성을 가르치는 바른 소리)', 곧 오늘날의 한글이다.

훈민정음

《훈민정음》은 세종이 훈민정음을 만들어 백성들에게 알리면서 펴낸 책으로, 훈민정음을 만든 이유와 사용법, 훈민정음을 이루는 자음과 모음의 원리 등이 실려 있다. 글자인 훈민정음과 구분하기 위해 《훈민정음》(해례본)이라고도 한다. 세계적으로 글자를 만든 경우는 있어도, 《훈민정음》 같은 해설서를 펴낸 일은 없다. 《훈민정음》은 1997년 유네스코 세계 기록 유산으로 지정되었다.

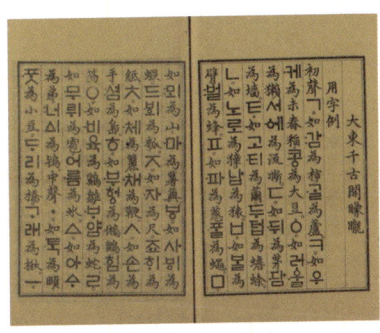

《훈민정음》(해례본)

집현전

조선 시대에 학문을 연구하던 기관이다. 집현전 학사들은 학문과 정책 연구에 필요한 책들을 모으고 펴내며, 옛 제도를 연구하고 나라에 필요한 정책과 제도에 대한 의견을 임금에게 전했다. 또 세종을 도와 훈민정음을 만드는 데도 힘을 보탰고, 훈민정음이 널리 쓰일 수 있도록 《훈민정음》, 《동국정운》 등의 책도 펴냈다.

세종은 어떻게 훈민정음을 만들었을까?

　세종은 세자를 비롯한 자신의 아들들과 성삼문, 신숙주, 정인지 같은 집현전 학사들과 함께 훈민정음을 만들었다.

　오랜 연구와 노력 끝에 만들어진 훈민정음은 말소리를 기호로 나타낸 소리글자로, 그 원리가 매우 과학적이어서 '세계에서 가장 좋은 알파벳'으로 인정받기도 했다.

　기본 자음 ㄱ, ㄴ, ㅁ, ㅅ, ㅇ은 사람의 발음 기관을 본떠 만들었는데, ㄱ은 혀뿌리가 목구멍을 닫은 꼴을 본뜬 것이고, ㄴ은 혀끝이 윗잇몸에 붙은 꼴을 본뜬 것이며, ㅁ은 입 모양을 본뜬 것이고, ㅅ은 이의 모양을, ㅇ은 목구멍의 모양을 본뜬 것이다. 또 기본 모음 ㆍ, ㅡ, ㅣ는 우주의 근본이라 여긴 하늘, 땅, 사람의 모양을 본떠 만들었다.

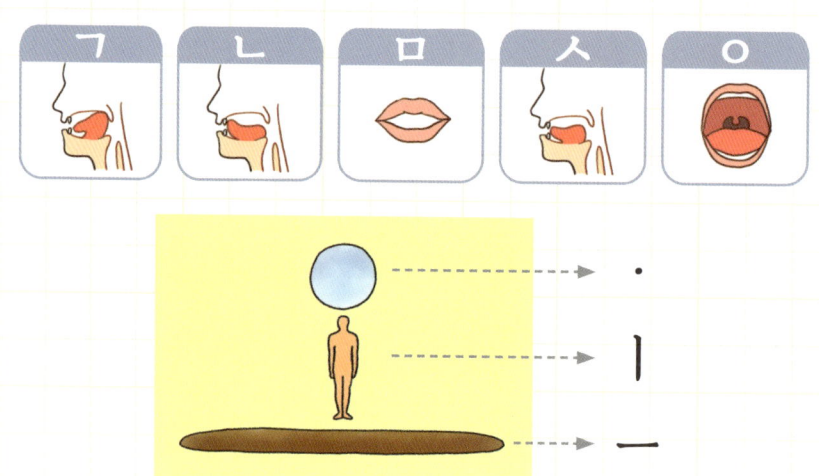

128

과학적인 글자, 한글

한글은 다섯 자의 기본 자음(ㄱ, ㄴ, ㅁ, ㅅ, ㅇ)과 세 자의 기본 모음(·, ㅡ, ㅣ)으로 모든 문자가 만들어진다. 곧 이 기본 문자에 획이나 다른 문자를 더하면, 한글의 모든 글자를 만들 수 있다.

가령 다섯 자음에 획을 더하면 ㅋ(ㄱ+ㅡ), ㄷ(ㄴ+ㅡ), ㅂ(ㅁ+ㅡ), ㅎ(ㅇ+ㅡ), ㅈ(ㅅ+ㅡ)이 되고, 같은 자음을 더하면 ㄲ(ㄱ+ㄱ), ㄸ(ㄷ+ㄷ), ㅃ, ㅆ, ㅉ이 된다. 또 기본 모음 두자를 서로 모으면 ㅏ(ㅣ+·), ㅓ, ㅗ, ㅜ가 되고, 획을 하나씩 더하면 ㅑ, ㅕ, ㅛ, ㅠ가 되며, 여기에 모음을 또 보태면 ㅐ, ㅔ 등이 된다.

이 자음과 모음을 서로 모으면 비로소 하나의 글자가 되는데, ㄱ(자음)에 ㅏ(모음)를 더하면 '가', 여기에 받침 ㅇ(자음)을 더하면 '강'이 되는 식이다.

이렇듯 한글은 누구나 쉽게 익힐 수 있는 과학적인 문자이다. 또 무엇이든 소리 나는 대로 쓸 수 있어, 적은 수의 문자로 세계에서 가장 많은 소리(12,768가지)를 적을 수 있다.

훈민정음은 어떻게 널리 쓰이게 되었을까?

세종은 1446년에 훈민정음을 반포했으나 보급하기가 쉽지 않았다. 당시에는 한자와 이두가 널리 쓰이고 있었던 데다, 최만리 등 학자들이 훈민정음의 사용을 반대했기 때문이다.

세종은 훈민정음이 뿌리내릴 수 있도록 먼저 당시에 사용되던 한자음을 훈민정음으로 표기하는 '한자음 맞춤법'을 정비하고, 해설서인 《훈민정음》(해례본)을 펴내 훈민정음의 필요성과 원리를 설명했다. 또 "나랏말쏘미 듕귁에 달아(나라의 말이 중국과 달라)"로 시작하는 한글로 된 《훈민정음》(언해본)을 펴내 백성들이 쉽게 훈민정음을 익히게 하고, 문학 작품도 지어 널리 읽히게 했다.

서울 경복궁 광화문 앞에 세워져 있는 세종 대왕 동상. 세종 대왕이 들고 있는 책은 백성을 위한 글자, 한글의 정신과 가치를 담은 《훈민정음》이다.

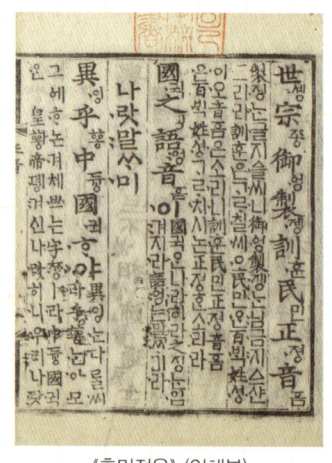

《훈민정음》(언해본)

훈민정음으로 쓰인 책

용비어천가

정인지, 안지, 권제 등의 학자가 세종 29년(1447)에 펴낸 책으로, 우리나라 최초의 한글 문학 작품이다. 태조 등 조선 왕조를 세운 왕들의 업적을 기리는 내용으로, 125장의 노래(시)로 이루어져 있다. "불휘 기픈 남ᄀᆞᆫ ᄇᆞᄅᆞ매 아니 뮐씨(뿌리 깊은 나무는 바람에 흔들리지 않으니)" 같은 구절이 널리 알려져 있다.

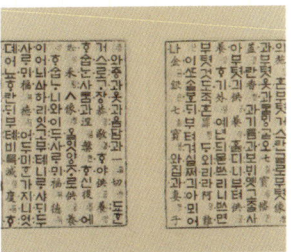

석보상절

수양 대군이 세종의 명을 받아 어머니인 소헌 왕후의 명복을 빌기 위해 지은 책. 석가모니의 일대기를 엮은 책으로, 중국의 《석가보》, 《법화경》, 《아미타경》 등에서 뽑은 내용을 한글로 옮기면서, 꼭 필요한 한자어는 한문으로 쓰고 한글로 음을 달았다. 한글로 쓰인 최초의 산문이자 번역 불경으로, 조선 초기 우리말과 한자음 연구에 귀중한 자료이다.

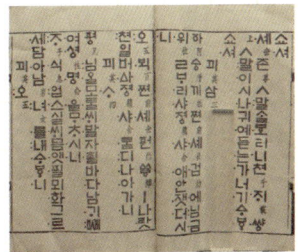

월인천강지곡

수양 대군이 지은 《석보상절》을 보고 세종이 한글로 지은 노래책이다. '월인천강'이란 '달은 하나지만 그 빛이 수천의 강에 비치듯 부처의 진리는 하나지만 수많은 사람들의 마음에 비친다'는 뜻이다. 한자어를 표기할 때 《석보상절》과 반대로 한글을 크게 쓰고 그 밑에 한자를 작게 썼다. 세종이 이 책을 쓴 것은 소헌 왕후를 기리려는 뜻도 있었지만, 백성들이 잘 아는 부처의 이야기를 통해 한글을 더 널리 퍼뜨리려는 뜻도 있었다.

우리 역사에 길이 남은 어진 임금, 세종

　세종은 조선이 세워진 지 30년도 안 된 1418년에 새로운 나라의 기틀을 다져야 할 막중한 책무를 안고 왕위에 올랐다. 당시 많은 신하들이 중국 명나라의 언어와 학문, 과학 기술 등을 그대로 따르자고 했으나, 세종은 무조건 외국에 기댈 것이 아니라 우리 형편에 맞는 것을 찾아 바로 세워야 나라가 발전한다고 보았다. 그래서 우리말에 맞는 글자인 훈민정음을 만들고, 우리 하늘과 땅을 연구해 수많은 과학 기기를 만들고 기술 서적을 펴냈으며, 우리 기후와 토질에 맞는 농사법을 개발하고, 우리 땅에서 나는 약초와 예부터 전해지는 민간 의술을 연구해 의약학을 발전시켰다.

　인재를 기르고 고르게 등용하여 정치를 안정시키고 과학 기술과 문화를 발전시켰으며, 우리 영토를 넓히고 튼튼히 지켜 백성들의 삶을 안정시킨 세종. 무엇보다 자랑스러운 우리 글자, 한글을 만든 세종 대왕은 우리 역사에서 가장 훌륭한 왕으로 손꼽히며 오늘날 존경받고 있다.

여주 영릉. 세종 대왕과 부인 소헌 왕후의 무덤. 왕과 왕비가 함께 묻힌 합장묘로 부근에 효종 능과 인선 왕후의 능도 있고 넓은 숲이 있어 많은 시민들이 찾는다.

인재를 기르고 제도를 정비하다

세종은 인재를 고루 등용하여 정치를 안정시키고, 의정부의 의결 기능을 되살려 신하들이 책임감을 갖고 나랏일을 돌보게 했다. 나아가 집현전을 설치하여 인재를 기르고 집현전 학사들에게 옛 제도와 의례를 연구하게 하여 우리에게 맞는 법과 제도를 만들었다. 실력이 뛰어나면 장영실처럼 천한 신분도 가리지 않고 등용했다. 특히 백성들을 함부로 벌하지 못하도록 한 형벌 제도와, 세금의 기준을 바로 세운 공법은 백성들의 삶을 크게 안정시켰다.

우리 풍토에 맞는 농업 기술을 전파하다

농사는 나라의 근본이었기에, 세종은 우리 풍토에 맞는 농업 기술을 《농사직설》에 담아 보급했다. 우리나라에서 가장 오래된 농사책인 《농사직설》은 우리 기후와 땅에 알맞은 농사법을 최초로 과학적으로 정리한 책으로, 각 도의 관찰사가 경험 많은 농부들에게 물어서 수집한 농사 지식을 한데 모아서 엮었다.

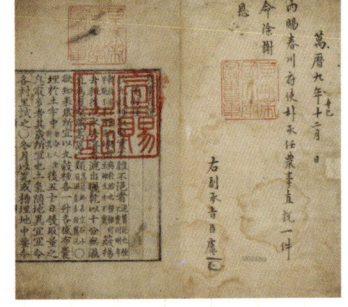

《농사직설》

의학과 약학을 발달시키다

세종은 우리 땅에서 나는 약재로 약을 만들고 의술을 발전시키는 일에도 큰 노력을 기울였다. 특히 우리나라 각 지역에서 자라는 약재(향약)를 조사하고 중국과 우리 의술을 한데 모아 《향약집성방》을 간행했는데, 우리 약재의 약효와 처방법, 약재 채취 시기 등이 담겨 있는 이 책은 우리 의약학 발전의 기틀을 다지며 훗날 허준이 쓴 《동의보감》의 밑거름이 되었다.

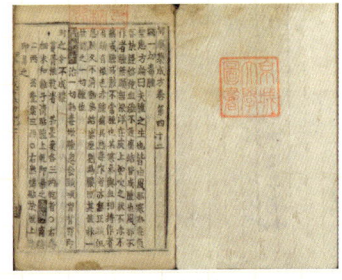

《향약집성방》

과학 기술을 발달시키다

세종은 여름철 홍수에 대비하고 농사에 도움을 주기 위해 장영실에게 측우기를 만들게 했다. 그리고 측우기를 전국의 관아에 나누어 주고 비가 온 양을 정밀하게 측정해 보고하게 했다. 또한 세종은 경복궁 안에 천문 관측소인 흠경각을 세우고 천문 관측 기구인 혼천의, 앙부일구(해시계), 자격루(물시계) 등을 만들어 설치했다. 덕분에 천문학과 과학 기술이 발달하고, 조선의 주요 산업인 농업이 과학적으로 발전할 수 있었다.

혼천의

혼천의로 관측한 천체의 위치와 시간을 바탕으로 세종은 우리에게 맞는 역법(년, 월, 일과 같은 시간 계산법)인 칠정산을 만들었다. 칠정산으로 계산한 1년은 실제 지구의 공전일과 1초밖에 차이가 나지 않는다.

앙부일구

해의 움직임에 따라 그림자의 위치가 달라지는 원리를 이용하여 시간을 측정하던 시계. 세종은 이 앙부일구를 백성들도 볼 수 있도록 한양의 큰 거리에 설치했다.

자격루

해가 뜨지 않는 밤에도 시간을 알 수 있도록 물로 시간을 측정한다. 사진은 덕수궁에 있는 자격루로, 장영실이 만든 것을 1536년(중종 31년)에 개량한 것이다.

학문을 연구하고 책을 펴내다

집현전 학사들과 함께 《고려사》 등 우리 역사를 기록한 책과 나라와 가정에서 지켜야 할 예의를 정리한 《삼강행실도》, 그 밖에도 유교, 지리, 의례, 문학, 어학, 농업, 역사, 법률, 천문 등 다양한 분야에서 수많은 책을 펴냈다. 덕분에 문화 수준이 높아지고 정치와 제도의 기틀이 잡혔다.

외교와 국방에 힘쓰다

우리나라는 반도 국가로 지리적 요충지에 있어 예부터 외부 침략이 잦았다. 이에 세종은 군사력을 튼튼히 하여 여진족을 몰아내고, 북쪽 국경 지대에 4군과 6진을 설치하여 국토를 넓혔다. 또한 왜구의 노략질로 고통받는 해안 지역 백성들을 보호하려고 왜구의 소굴인 대마도(쓰시마)를 정벌했다. 나아가 왜구에게 동남 해안의 삼포(부산포, 제포, 염포)를 열어 주어 노략질 대신 무역으로 필요한 물품을 얻을 수 있도록 유도하고 우리 백성들의 피해를 줄였다. 울릉도와 독도를 조사하고 관리한 것도 세종 때였다. 덕분에 《세종실록》의 〈지리지〉에 울릉도와 독도에 관한 내용이 실릴 수 있었다. 이 기록은 오늘날 독도에 대한 일본의 터무니없는 영유권 주장에 독도가 역사 이래로 우리 땅이었음을 밝히는 중요한 자료 중 하나로 쓰이고 있다.

세종은 두만강 유역에 김종서 장군을, 압록강 상류 지역에 최윤덕 장군을 보내 여진족을 몰아내고 4군과 6진을 설치했다.

준호의 역사 노트_135

사진 자료 제공

32p **경복궁** 한국관광공사 이범수
45p **근정전** 국가유산청
58p **사정전** 궁능유적본부
70p **《천자문》** 국가유산청
72p **경회루** 한국관광공사 김지호
127p **《훈민정음》(해례본)** 서울대학교 규장각한국학연구원
130p **세종대왕 동상** 여행노트
130p **《훈민정음》(언해본)** 서울대학교 규장각한국학연구원
131p **《용비어천가》** 서울대학교 규장각한국학연구원
131p **《석보상절》** 서울대학교 규장각한국학연구원
131p **《월인천강지곡》** 김기현
132p **세종대왕 영릉** 궁능유적본부
133p **《농사직설》** 서울대학교 규장각한국학연구원
133p **《향약집성방》** 서울대학교 규장각한국학연구원
134p **혼천의** 게티이미지뱅크
134p **앙부일구** 게티이미지뱅크
134p **자격루** 국립고궁박물관

마법의 두루마리 11
경회루에서 세종 대왕을 만나다

ⓒ 강무홍, 김종범, 2024

1판 1쇄 펴낸날 2024년 10월 9일
글 강무홍 **그림** 김종범 **감수** 신병주
편집 우순교 **디자인** 박정아
펴낸이 강무홍 **펴낸곳** 햇살과나무꾼
등록 2009년 07월 08일(제313-2004-54)
주소 서울시 영등포구 당산로54길 11 상가 305호
전화 02-324-9704
전자우편 namukun@namukun.com
ISBN 979-11-987725-4-1(73810)

* 신저작권법에 따라 한국 내에서 보호를 받는 저작물이므로 무단 전재와 무단 복제를 금합니다.